晴《は》れの日《ひ》は神父《しんぷ》と朝食《ちょうしょく》を

水《みな》壬《み》楓《ふう》子《こ》
ILLUSTRATION：山岸《やまぎし》ほくと

晴れの日は神父と朝食を

LYNX ROMANCE

CONTENTS

晴れの日は
神父と朝食を

て返した。

「ディディー！」

「あっ、やっぱり一緒なんだ。ラッキーっ」

背中から賑《にぎ》やかな女の子たちの声が聞こえて、肩越しに振り返ったディディはにっこりと手を振って返した。

キャーッ、とそのあたりから黄色い歓声が上がる。

やれやれ…、というみたいに、まわりにいた男友達が肩をすくめた。

「相変わらずだなー…」

そんなあきらめにも似た苦笑いだ。

四月。

入学式も終わり、新入生たちが初々しく闊歩《かっぽ》し、在校生が激しくサークル勧誘活動を繰り広げるキャンパスもいよいよ新年度を迎えていた。

ディディもこの智英《ちえい》大学で二年目の春になる。

とはいえ、この学び舎を日々、眺め始めて十年だ。ことさら目新しさはない。

ただ、去年から自分がそこに学生として通うようになったというちょっとした変化があって、ディディとしても少しばかり新鮮な気持ちではあった。

今までは、暢気《のんき》だなー、と思いながら眺めていた大学生の大変さというのも実感できるようになり、同時に、キャンパス内を友達と一緒にバカ話しながら歩けるようになった楽しさもあって、充実した大学生活と言えるだろう。

もう少ししたら、正式に酒も飲めるようになる。

学生としての生活にも慣れてきたし、そろそろバイトとかも何か一つくらいやってみたいなぁ…、とは思っていた。居酒屋のバイトなんかは、ちょっと楽しそうだ。カフェの店員とか、接客業は案外向いてるんじゃないかと思う。

とはいえ、保護者の許可が下りるかどうかはちょっと怪しかったけれど。

去年も同じ講義をとっていた女の子二人が弾むようにディディのすわっている席に近づいてきて、空いていた斜め後ろへ腰を下ろした。

そしてあたりを見まわし、クスクスと喉《のど》で笑う。

「ディディのおかげでこの講座も少しは人が増えたんじゃない？」

教室としては中規模なのだろう。新学期の初日なので、おそらくマックスに学生がいる状態なのではないかと思う。

それでも埋まっている席は六割程度。八十人くらいだろうか。

第二外国語であるドイツ語の上級クラスだ。

去年は初級のクラスをとっていたが、それと比べると人数はかなり減った。

初級は選択必修だが、上級は単なる選択なので、どうしても履修しなければならないものでもない。

ドイツ語学科の人間か、あるいは将来的にドイツ語があれば有利という職種を考えている学生が多いのだろうが、そもそも人気のある講義ではなかった。

なにしろ、担当教官が相当に厳しく、単位が取りにくい。……ということを、事前に諸先輩たちからレクチャーされている要領のいい学生なら、まず受講しない。

それでも、ディディが去年の初級を経て今年は上級クラスへ進むことはわかっていたので、だったらもう一年がんばってみようか、という……主に女子学生は何人かはいるようだ。

ディディとしては、少しでも人数を増やすことに貢献できたのならうれしいと思う。

やわらかそうな、ちょっと癖《くせ》のある金髪と、深いブルーの瞳《ひとみ》。色が白く、目鼻立ちの通った容姿に明るくさわやかな笑顔——と、外観上、ディディは海外のファッション誌から抜け出してきたような王子様だった。キャンパス内を歩いていてもかなり目立っていて、常に注目される。しかも取っつきにくいところはなく、快活で友達も多く、親しみがある。

それだけに、男女を問わず、キャンパス内での人気は高かった。

去年は入学一年目、実質半年で「ミスター・智英」の栄光をゲットしたくらいだ。むしろ、その容姿から「プリンス」と呼ばれることが多かったが。

「でも、ディディは今さらドイツ語とか勉強しなくても十分なんじゃないの？　せっかくなら、別の外国語、とればよかったのに」

もう一人の女の子がちょっと首を傾げる。

それにディディは笑って手を振った。

「そんなことないよ。俺、マジで日本語しか話せないもん。英語も危ういし。ていうか、歩いてたらよく外国人に早口でまくし立てられて恐いんだよね－。何か聞かれてるみたいなんだけど、全然聞き取れないし」

両親ともにヨーロッパの出身のはずで、血統的には、おそらく東洋の血はまったく入っていないのだが、六歳の時から日本で暮らしているディディは基本的に日本語しかしゃべれない。

そんなところも愛嬌として、中高生の頃はまわりの友達のいいネタになっていたくらいだ。

「そりゃ、おまえの外観ならしゃべれると思うわな」

ハハハッ、と隣にすわっていた、高校からの友人である外園《そとぞの》が笑う。

「でも昔、ドイツに住んでたんでしょ？」

どこで聞いたのか、ちょっと首を傾げて女の子の一人が口にした。

「ほんの小さい頃だよ。もう忘れてる」

ディディはパタパタと手を振る。

「でも耳馴染《なじ》みはあるんじゃないかなぁ…。発音いいもんね。かっこいー」

「雰囲気外人って感じじゃねぇか？　ディディは。中身は案外、和風だしなぁ。冬場はハンテンとか着て、キャンパス内をうろうろしてただろ」

「残念なイケメンってやつだよ」

「うるさいな」

友人たちのいつもの揶揄《やゆ》に、ディディも怒ったふりで軽く拳を相手の肩に当てる。

「ていうか、あの人に育てられて、よくこんなに素直に育ったよなぁ…」

つきあいの長い外園が、ため息をつくようにしみじみと言った。

あの人――というのが、このドイツ語講義を受け持っている椰島可以《やしまかい》という准教授だ。ディディの保護者である。

しかし可以は、「先生」ではなく「ファーザー」と呼ばれることの方が多かった。

智英はミッション系の大学であり、可以もそもそもは付属の教会に派遣された――正しくは、教会に大学が付属していると言うべきかもしれないが――、正式な神父だった。

が、語学が堪能なこともあり、大学でも教鞭《きょうべん》を執っている。ドイツ語とラテン語、そして宗教学の講義だ。

ディディの両親は幼い頃に亡くなった。二歳の時だったらしいが、ディディに両親の記憶はほとんどない。

ドイツの田舎町で、どうやら親戚などもいなかったらしく、その後は施設に預けられた。

小さかったし、その頃のこともあまりよく覚えてはいない。……というより、覚えていたくなかったのだろう。

残っているおぼろげな記憶は、いつも一人で、淋しくて。苦しくて、つらくて。

大人たちはなぜかディディにはよそよそしく、あるいはひどく厳しくあたった。そして子供たちはディディには近づかず、石を投げられたこともある。

「化け物っ」

と、そんな吐き出すような言葉と一緒に。

ディディ自身、幼いながらに、自分は他の子供とは違うのだと感じていた。

ケガをしてもすぐに傷跡が消えてしまったり、細い身体のわりに力は強かったり。友達が転んで膝《ひざ》をすりむいたりすると、飛んでいってにじんだ血をなめてしまったり。

仲間はずれにされるのも、気味悪がられるのも仕方がないのだと。

毎日、一人で泣くことしかできなかった。どうしたらいいのかわからなかった。

どうしたら「普通」になれるのか。何をすれば、他の人に優しくしてもらえるのか。

――我慢しなくてはいけないのだと、知っていた。

でも苦しくて。

そんな地獄のような場所から救い出してくれたのが、可以だった。

ディディが五つの時だ。

可以に連れられて、それから一年くらいはあちこちの国に滞在したが、小学校に入るタイミングで日本に来た。それからはずっと日本暮らしだ。

身寄りのなかったディディなので、正式に可以の養子にしてもらっている。……多分、神父としてはめずらしいことなのだろうけど。

だから、みんなには「ディディ」と呼ばれているが、今の正式な名前は「椰島ディディエ」という。

以前は都内の別の教会に派遣されていたのだが、十年前から郊外にあるこの大学の教会へと籍を移し、以来、そこに可以と二人で住んでいた。

もともと由緒ある古い壮麗《そうれい》な聖堂があり、そこから広がる形で大学が建てられたので、本来はその聖堂が大学の中心であるべきだろうが、ミッション系の大学とはいえ、さすがに今の学生のすべてが信徒というわけではない。

徐々に大学の規模が広がるにつれ、利便性や機能的な意味で、やはり大学の事務局があるあたりが中心ととらえられていた。学食やカフェ、購買なども、そのあたりに集中している。

なので、大方の学生からすれば、キャンパスの端っこの方にある教会、という感覚なのかもしれない。

巡回バスが走るほど広大なキャンパスではあるが、同じ敷地内である。

ディディは毎日、その教会から教室まで通っていた。

「まぁ、でも近いのはいいよなー。マジ、寝坊したって、たいがい間に合うだろ。忘れ物もとりに帰れるしさ」

うらやましそうに一人がうなる。

「遅延もねぇし」

「台風の時とかもね」

「ええー？　台風、ヤバいよ？　去年、教室行くまでに吹っ飛ばされそうになったし。ていうか、うかつに休めないのがツライんじゃん」

そんなディディの抗議の声に、ハハハ…、とまわりで笑い声が弾ける。

「すっげぇ寝癖で来たことがあったもんなー。いかにも起き抜けって顔で」

「アレ、可以に見つかって、めっちゃ怒られたわー」

思い出したように言われ、ディディも思い返してため息をついた。

「マジか…」

「こわそーっ」

ここにいるということは、基本的にみんな初級のドイツ語をとっていたわけで、可以のことを知っているだけにぶるぶるると身震いしてみせる。

と、その時、ガラリ…、と前方の扉が開いて、眼鏡をかけた長身の男が入室してきた。

一気に教室内の空気が変わり、ピシリ、と張りつめたのがわかる。

――可以だ。

落ち着いたスーツ姿だが、ネクタイはなく、ローマンカラーのシャツを身につけている。

きっちりと髪も撫《な》でつけ、ストイックな雰囲気だった。

正面の教壇に立った可以がざっと教室内を見まわし、一瞬、ディディに目をとめた。

そうでなくとも、ふわふわとした金色の頭は目立つ。

ぴしっ、と背筋を伸ばしてまじめな顔をしてみせたディディにかまわず、可以はするりと視線を逸《そ》らし、再び全体に視線を投げた。

「このドイツ語Ⅱの講義を担当する、椰島です。ほとんどが初級のクラスから続けての受講だ思いますので、自己紹介は必要ないでしょう。一年間、よろしくお願いします」

淡々と落ち着いた声が講義室に広がっていく。説教にも慣れた話し方は明瞭《めいりょう》で聞き取りやすい。静かに心の中に積もっていく感じだ。

多分、聞く人によっては冷たくも感じるのだろうけど。

「講義の進め方などは慣れていると思います。初級の段階では日常会話のレベルで単位は出しましたが、こちらのクラスはより実践的な内容になります。少なくとも、ビジネスレベルで問題がない程度のコミュニケーション能力、文学や時事なども絡めて、一般教養としてバランスのよい内容を目指したいと思います」

「いやぁ…、初級も結構だったから」

可以の説明に、単位取得に苦労したらしい誰かが背中の方で小さくつぶやく。

「出欠はとりません。年度末の筆記試験と実践…、会話でのテストに合格すれば、単位は認定します。私の講義を受けなくとも、他でその実力を身につけられる方はそれで結構です。ただ筆記試験に関しては、ある程度、講義内容が反映されるでしょう。それと、筆記試験は問題文もドイツ語になりますので」

「うぉ…、相変わらずえげつなー…」

外園が小さくうめく。

「コミュニケーション能力の方は、ディスカッション形式で会話をしてもらいます。その中で私も一人一人と会話し、評価します」

「一コマの授業の中で、ディスカッションしながらこの人数、全員を評価するんですか？　それはちょっと…、無理がないでしょうか？」

まじめそうな学生が一人、挙手をして発言する。

「問題はありません。毎年、この講義で最後まで残る学生は半分以下ですから」

それににこりともせず、さらりと答えた可以に、一瞬、教室がざわついた。

半分ばかりは、今さらの後悔、なのかもしれない。

「それでは、教材を配ります。後ろに回して」

可以が持ってきた十枚ずつくらいのプリントの束を、無造作に一番前の席にまとめておいていく。

特定のテキストを使うよりは、その時々の話題やニュースなどを教材として取り上げることが多かった。ただ読んだり訳したり、というだけではなく、それに対する学生それぞれの意見や考えをきちんと話すようにさせる。……当然、ドイツ語で、だ。

与えられた教材の予習はもちろん、それに対する自分の考えをまとめ、さらにそれをドイツ語で言えるようにする必要がある、ということだ。

学生にとってもなかなかハードだが、その教材を準備する可以もやはり大変だと思う。

厳しいだけでなく、可以自身も真摯《しんし》に取り組んでいることを、ディディは知っていた。教会の仕事だけでなく大学の講義の準備で、家でも遅くまで起きているのだ。

時折、なめらかなドイツ語を交えて、可以が授業を進めていく。

「息子」だからといって、何か特典があるわけではなく、ディディも必死に集中してノートをとっていくのだが、時々、ふっと聞き惚《ほ》れてしまう。やっぱり、カッコイイ。

予想以上の厳しさに顔をしかめていた女の子たちも、ちょっとうっとりした顔で眺めている。近寄りがたくはあるが、可以は結構、イイ男――なのだ。

まあ、神父なので、もちろん恋愛対象になるわけではないのだろうけど。

「なぁ、ファーザーって、他の外国語もしゃべれるんだろ？」

こそっと外園が聞いてくる。

「フランス語とイタリア語とラテン語はできるみたいだよ」

それにディディも小さく返す。

「マジか。すげぇな…」

「今、ロシア語と中国語を勉強してる」

「何、目指してんの？　あ、布教？」

「多分…、単なる趣味じゃないかなぁ…」

ひそひそとそんなやりとりをしていると、ふいに教壇から鋭い視線が飛んできた。

「そこ！　――DD！」

そしてピシャリとした声が。

普通は可以も軽く語尾を伸ばすように、というのか、ちょっと舌足らずな感じで呼んでくるのだが、叱《しか》る時には「DD」といくぶん固い、アルファベット呼びになる。

はいっ！　と、あせって、思わずディディは立ち上がる。

「最初の授業から私語とは余裕だな」

「す…すみません」

冷ややかな眼差《まなざ》しを向けられ、しゅんとなって、ディディはあやまった。

ごめんっ、と横から外園が両手を合わせてあやまってくる。

同情の目をいっせいに集めながら、ディディはおずおずと着席する。

ヤバい。帰ったら怒られる。

それから必死に集中して講義を受け、チャイム――というより、教会の鐘と言った方がいい音色だ――がなると、ようやくホーッと肩から力が抜けた。

今日はここまで、と可以が退出したとたん、栓が抜けたように教室の空気が緩んだ。

「家に帰ってもファーザーがいるんじゃ、大変だよなぁ、ディディ」

可以が教室を出たのを確かめてから、友人の一人がこそっと口にする。

「ねぇ…、でも家にいる時って雰囲気、違うの？　ちょっと見たい気もするなー」

「案外、だらしなくて、可愛《かわい》いのかもっ？」

ミーハーのような発言で、女の子たちがちょっとはしゃぐ。

「まぁ、家にいる時は基本、神父様だから」

それにディディは苦笑した。

確かに、違うといえば違うのだが。

ただ、彼女たちが考えているように、ではないだろう。

じゃーねー！　と次の講義へ向かう友人たちが手を振って急ぎ足で教室を出て、次は空き時間になっていたディディは他の友人たちとのんびりと帰り支度をしていた時だった。

「……あの、椰島くん？」

ふいに背中から声を掛けられて、ディディは、え？　とワンテンポ遅れて振り返った。

まわりでディディのことを「椰島」と呼ぶ人間はまずいない。

「あ、はい」

とまどったものの、にっこりとディディは笑顔を向けた。

同い年くらいで、学生だろうが見覚えのない顔だった。すっきりとした容姿の、優しげで線の細い男だ。

正直、知らない人間から声を掛けられることはよくある。街中でのスカウトなんかも多かったが、キャンパス内でもサークルの勧誘などはしょっちゅうだ。……勧誘にかこつけた、女の子からの逆ナンとか、客寄せパンダとしてのコンパの誘いとか。

ただこのクラスだと、基本的に初級クラスからの持ち上がりなので、ほとんどは顔見知りだったはずだが。

「ええと…？　ごめん」

「あ、初対面です。僕は一方的に知ってたけど。……その、目立つから」

愛想笑いのまま首を傾げたディディに、相手がちょっとあわてたように両手をバタつかせると、その男に、ドアのあたりから女の子が気づいたように高い声を上げた。

「あっ、なくらっちー！　ディディ、捕まえたんだ。ごめーん、紹介するって言ってたのに忘れてた、と向こうから手を合わせてあやまってくるのに、男が、大丈夫、というみたいに手を振った。

すれ違って出て行く中でも、「あれ、名倉《なくら》、このクラス、とってたのかー」と声を掛けていく学生もいて、結構、人気者らしい。

あらためてディディに向き直り、彼が自己紹介した。

「えーと、名倉朋春《ともはる》といいます。僕、神学部なんですよ」

ああ…、とディディはちょっと納得してうなずいた。

わざわざ紹介って何だろう、と思ったが、そういうことらしい。

ディディが教会で暮らしていることはわりと知られているし、そちらの興味だろうか。

「あの…、今度、礼拝堂を見に行ってもいいかな？」

「あ、もちろん。誰でも自由に入ってもいいところだから、俺の許可とか必要ないし」

おずおずと尋ねられて、ディディはことさら明るく答えた。

教会なのだ。すべての迷える子羊に――迷ってなくても――扉は開かれている。

石造りの、歴史ある聖堂は造りや装飾も美しく、多分、智英に入学した学生なら、一度くらいは訪れるのかもしれない。ただ、キャンパス内でも外れた場所になるし、敬虔《けいけん》な信徒でなければ、おそらくその一度で終わる者がほとんどなのだろう。きっと、年度初めの今の時期がマックスだ。いや、むしろ受験シーズンの方が見学者は多いだろうか。日本人お得意の、神頼みも兼ねて。

それはともかく、ディディはちょっと首をかしげて尋ねた。

「えーと、名倉くん？　は、将来、聖職者になるつもりなの？」

神学部を目指してきたわけだろうから、いわゆる「召命」を得た、ということなのだろうか。

ずっと可以のもとで暮らしてきたわけだが、ディディは将来、神父になることなど考えていなかった。なろうと思っても無理だろうが。

「あ、そうじゃなくて、……そっちの方面に興味があって、勉強したかったただけなんだけど」

「へえ…」

めずらしい。

神学部なんて、あまり潰しがききそうにないが。

ディディは国際教養学部の学生である。何が勉強したいというより、とりあえず、自分探しの真っ最中と言える。

……まったくのところ、モラトリアムな大学生の典型かもしれない。

「すごいねー。純粋な興味なんだ」

感心して、ディディはうなった。

案外、姑息《こそく》に就職のこととか考えず、そういう興味に邁進《まいしん》することで自然と未来が開けるのかもしれない。

「実は、君にも興味があって」

そんなディディに、名倉が小さく微笑《ほほえ》んだ。

「え？」

ディディは知らず、目を瞬《またた》かせる。

興味を持たれることには慣れていたが、面と向かって言われることはあまりない。

静かにディディを見つめたまま、名倉がさらりと言った。

「君…、吸血鬼だよね？」

風呂から出て、パジャマに着替え、タオルで髪を乾かしながら、ほーっ…とディディは大きな息をついた。

……びっくりした。

思い返しても、昼間のあの時は心臓がひっくり返りそうだった。

まったく予想もしていなかった衝撃に、ディディは凍りついていた。

が、まわりの友人たちは、あっけにとられている、と思ったようだ。

普通はそうだろう。

あまりにも唐突で、……しかしその内容は、どう考えても冗談としかとれない類だ。

「そうだよなー、ディディは吸血鬼の仮装とか似合いそうだよ」

「今度のハロウィンでやってみたら？」

「ていうか、新歓のイベントでやってほしいんじゃないの？」

まわりのはしゃぐようなそんな声でようやく我に返り、ディディもなんとか笑って返した。

「えー、俺、似合うかなぁ…。貫禄、ないんじゃない？」

「まぁ、恐怖とかセクシーさとかは感じないよなー」

そんな意見にみんながどっと沸いて、名倉も一緒になって笑っていたから、やはりちょっとしたシャレのつもりだったのだろう。当然だ。

しかし本当に、あれは不意打ちだった。

日本に来てから——いや、可以と出会ってから、ディディは他の人間の血を飲んだことはない。

可以に、定期的に血をもらうだけで。

満たされている、という感覚なのかどうかはわからないけど、とりあえずそれで渇望は抑えられる。

だからディディは、人間を襲ったこともない。

そんなことをしたら……今の生活はすべて壊れるのだとわかっていた。

吸血鬼《ヴァンパイア》——。

そのディディの正体がまわりにバレたら、ディディはもちろん、可以も糾弾《きゅうだん》されるされることは間違いなく、もう一緒にはいられなくなるだろう。

きっと「教会《エクレシア》」の本部からも「狩人《シャスール》」がやってくる。

吸血鬼などの「魔物」の存在を知っているのは、やはりごく一部の、特別な役目の人間しかいない。

それを「狩る」側の人間だ。

普通に考えれば、吸血鬼の存在など信じている人間はいないだろうし、昼間の、友達の反応があたりまえだった。

過敏になっちゃダメだ…、と、ぶるるっと軽く身震いして、ディディはちらっとリビングの壁の時計を見上げた。

夜の九時過ぎ。

今日は十三日だった。月に一度、ディディが血をもらえる日だ。

一カ月、誰も襲わず、いい子で我慢していたご褒美の日。

五つの時からの、可以との決まり事だった。

最初に血をもらった日がたまたま十三日だったからだが、それが金曜日に当たっていたりすると、やっぱりちょっと嫌な感じだ。……なんとなく、だけど。

だがディディにとっては、いつの頃からか、この日は血をもらえる日というより、可以と寝られる日——になっていた。

朝まで可以のベッドでいられる。拾ってもらった、ほんの小さな子供の頃みたいに。

今となっては、いい大人が二人、一つのベッドで寝るのだ。

つまり、やることをやっている、ということである。

……どう考えても、神父としてはまずいんだろうけど。

「そのくらいの役得はないとな。私もボランティアじゃない」

しかし、可以はあっさりとそう言い放っていた。

「こんな仕事だとうかつな場所で発散させるわけにもいかないし、世界中で聖職者の不品行が問題になっている時だ。手近で処理するにはちょうどいい」

——と。

つまり、ディディは血をもらう代わりに、身体を差し出していることになる。

お坊さんなら、破戒僧《はかい》とか言うのだろうか？

ディディはタオルを頭から引っ掛けたまま、ぺたぺたと可以の部屋の前まで歩いて行き、そっとドアをノックした。

どうぞ、という声を待って静かにドアを開け、中へすべりこむ。

可以は、机に向かったままパソコンの前で仕事をしていた。

大学の仕事のなのか、あるいは教会の仕事なのか。

可以が相当にいそがしい立場なのはわかっていた。

授業の準備ももちろんだが、この教会に派遣されている神父としての務めもある。定期的にミサや告解（を聞く立場だ）もあるし、学生たちのカウンセラーという側面もある。

ディディとの関係だけ見れば悪徳神父なのかもしれないけど、可以はどちらの仕事もきっちりとこなしていた。

学生たちの話も淡々と最後まで耳を傾け、慰めやいたわりの言葉は少ないし、厳しい指摘も多いわりに、はっきりと言ってくれるあたりが案外、信頼もされているようだ。

誰かが入ってきた気配は感じているはずだが、可以は何も言わない。

もちろん、入ってきたのがディディだというのはわかっているはずだ。この家には他の人間はいないわけだし、――今日は十三日だったから。

可以はしばらくディディを無視するように仕事を続けていたが、一段落したのか、ようやく手を止め、振り返った。

そしてわずかに目をすがめて、ディディを眺める。

「十三日だったな…。風呂上がりの一杯をやりにきたわけか？　贅沢《ぜいたく》だな」

唇の端を皮肉っぽく歪《ゆが》めた。

「だって…」

ディディはどうしようもなく視線を逸らし、ぎゅっと両手でタオルの端を握りしめる。

「もの欲しそうだな…。どっちが欲しいんだ？　血か…、それとも、セックス？」

あからさまに聞かれて、ディディは真っ赤になった。

指摘されたせいか、よけいに身体が熱くなる。

「そろそろ限界なんだろう？　来い」

顎《あご》を振るようにして言われ、ディディはおずおずと近づいた。

可以が指を伸ばして、机のペン立てから折りたたみナイフを抜き取る。刃先を広げ、無造作に自分の左手に近づけた。

その瞬間は、いつもディディの方が身がすくむ。やっぱり痛いんだろうな…、と思うと、本当に申し訳ない気持ちになる。

しかし可以は顔色一つ変えず、スパッ、と手首より少し上のあたりに刃をすべらせた。

一拍、二拍、と遅れて、じわり…、と赤い血がにじんでくる。

「あ…」

どうしようもなく、ディディは目が吸いよせられた。喉が渇いてくる。

「ほら」

瞬きもできずに見つめていたディディの前に、可以がその腕を突き出してくる。

一筋の赤い流れになって、可以の肌を血が伝う。

ディディは無意識に可以の前に膝《ひざ》をつき、その手をしっかりと自分の両手で捧げ持つようにすると、唇を押し当てた。

目をつぶり、舌でその感触を味わう。

舌先が痺《しび》れるみたいで。じわじわと身体の中に沁《し》みこんでいくのがわかる。細胞の一つ一つがざわざわと震える。

ディディは夢中になって血をすすった。

陶酔というのか、全身に甘美な感覚が広がり、体中が新しい血に入れ替えられるみたいな、力が湧《わ》いてくるような気がする。

可以に血を飲ませてもらっていなかったら、自分はどうなっていたんだろう…？

ふと、そんなことを思う。

やっぱり無差別に人を襲っていたんだろうか？

「ほら…、もういいか？」

いくぶんめんどくさそうに言われ、軽く額を突き放されて、ディディは放心したようにぺたん、と床へ腰をついていた。

可以はまだわずかににじむ血を無造作にティッシュで拭《ぬぐ》い、引き出しから取り出した絆創膏《ばんそうこう》を手際よく傷口に貼《は》りつける。

そして、ほうけているディディの頭を軽くたたいた。

「ベッドに行け」

あ…、と思い出して、ディディはのろのろと立ち上がった。ベッドの端に腰を下ろすと、その膝に何かが飛んでくる。

「準備していろ」

事務的に言われ、ディディはそれを片手で握った。潤滑剤だ。

知らず、顔が火照《ほて》ってくる。

かまわず可以は片手でパソコンを操作して、メールのチェックなんかをしているようだ。

ちょっと恨みがましい目でその背中をにらみ、仕方なくディディはパジャマを脱いでいった。

上を脱ぎ捨てて足下に落とし、恥《は》ずかしさをこらえて下も脱いで、裸でシーツの上に膝をつく。下着は、風呂のあとは身につけていなかった。

唇を噛み、泣きそうになりながら、ディディは手のひらに潤滑剤を押し出すと、そっと自分のうしろに押し当てる。

風呂上がりで、少しはリラックスしているはずの後ろの窄《すぼ》まりにそれを塗りこむようにすると、ゆっくりと指を沈めていく。

「あっ…」

知らずうわずった声がこぼれ、かぁっ…と頰《ほお》が熱くなった。

それでもきつく目をつぶり、指で後ろを馴染ませていく。

今までに何度もしたことはあったが、……何度やっても慣れない。恥ずかしい。

それでも抜き差しを繰り返すと、だんだんとじれったくなる。欲しいところに届いてくれない。知らず腰が揺れ、なんとか快感を得ようとディディは身体をくねらせ、必死に指を使う。

いつの間にか可以がベッドの脇に立って、そんなディディの表情をじっと見つめているのに気づいて、カーッと全身が熱を上げた。

「や…だ…っ…、見ないで……よぉ…っ」

そんなディディの切ない声に、可以が薄く笑う。

「嘘《うそ》をつけ。見られて興奮しているじゃないか。ほら…、ここも触ってほしそうに突き出しているしな」

意地悪く言いながら、可以が指を伸ばし、ディディの乳首をきつく摘《つ》まみ上げた。

「ひ…ひぁぁ…っ！」

ビクン、と身体を跳ね上げ、その勢いで指が抜け落ちてしまう。

「自分で後ろをいじっただけで、もう前はこんなにしてるのか？」

「あ…っ、あぁ……っ」

すでに形を変え、上向きに反り返っていた前をからかうみたいに軽く撫でられて、たまらずディディは腰を揺らす。とろっとはしたなく溢《あふ》れさせたものが、可以の指を汚してしまう。

体中、どこもかしかも中途半端に煽《あお》られて、ジクジクと疼《うず》いていた。

「か…可以…っ」

たまらず、すがるような目で可以を見つめたディディに、可以が唇で笑い、腕を伸ばしてディディの顎をつかむ。

「牙《きば》は立てるなよ」

低く言ってから、無造作に唇が奪われた。

「ん…、んん…っ」

舌が絡められ、吸い上げられて、頭の中が白く濁る。気持ちがいい。

……もしかすると、血を吸っている時よりも、ずっと。

可以が言うみたいに、本当は可以とセックスしたいだけなのかもしれない。

胸の中がふわふわして、もっともっと欲しくなって。

「か…い…っ、可以…っ、まだ……」

唇が離れても、ディディは何度もねだってしまう。無意識に腕を伸ばし、ベッドに腰を下ろした可以の首にしがみつく。

可以の身につけたままのシャツに、唾液《だえき》と涙が吸い取られた。

「まったく…」

あきれたようなため息とともに、いくぶん手荒にその身体を抱き寄せ、可以がうなじのあたりで髪をつかむようにしてディディに深いキスをくれた。角度を変えて、何度も。

「あ…、ん……」

その激しさと甘さに酔い、ディディは陶然とその腕に身体を預ける。

キスを繰り返しながら、可以の手がさらにじらすみたいにディディの脇腹をかすめ、足の付け根から内腿《うちもも》をたどって愛撫《あいぶ》した。

「あぁ…っ、は…ぁ…っ…」

そのやわらかな感触だけでディディの上体は大きくしなり、可以が背中から組み伏せるようにして、その身体をシーツに投げ出した。

「おまえはココが弱かったな…」

どこか楽しげに言いながら、可以が指先でうなじの髪を掻き上げて、軽く舌でなめ上げる。

「ひゃぁんっ、――ひぁ…っ！」

背筋を電流が走ったような刺激に、ディディは大きく身体を反らす。

さらに首筋をたどった唇が耳の下をくすぐり、軽く耳たぶを嚙まれて、たまらず立て続けに声が上がってしまう。

触れられてもいないのに、ディディの前からはポタポタと恥ずかしく蜜が滴《したた》り、無意識に膝を開いてシーツに疼く先っちょをこすりつけていた。

「ディディ、そんなふうに勝手にココを使っていいと、誰が許可した？」

眼鏡の奥からにらみ下ろす可以の目は、冷たく、意地悪く笑っている。

「だっ…て…、そんな……」

腰をもじもじさせながら、ディディは涙目でうめいた。

「だってじゃない」

ピシャリと言うと、可以は腕を伸ばし、枕元にあった何かの鎖《チェーン》に手を伸ばした。

どうやら切れたロザリオのようで、十字架はついていなかったが、小さな黒い玉が細い鎖に連なっている。

「お仕置きだな」

「え…？」

それを指に巻きつけた可以がにやりと言い、ディディはわけもわからないまま、嫌な予感だけがする。

ゾクゾクと…、恐くて、甘美な罰が与えられることだけはわかる。

無造作にディディの足をつかみ、強引に膝を開いた可以の手がディディのはしたない中心をつかむと、根元からきつく鎖を巻きつけていった。

「や…ッ、可以…っ、やだ…っ」

「おまえに嫌だという権利はないよ」

とっさにディディは暴れたが、冷ややかな可以の声にビクリ、と身がすくむ。

「ひ…ぁ…、あぁぁぁぁ……っ！」

そして小さな玉が順に狭い中へ押し入れられて、痛みだか何だかわからない得体の知れない感覚に、ディディはバタバタと首を振った。

「やだっ…、やだぁ…っ、抜いてよ…っ」

「あとでな」

泣きながらディディは訴えたが、可以は無慈悲《むじひ》に言い捨てる。

「もっともいやらしいおまえの身体なら、すぐにそっちの刺激も快感に変えてしまいそうだが」

ひどい言葉でなぶりながら、可以が再びディディをうつぶせに押し倒した。

「あっ、あっ……ぅ…、ふ…ぁ…っ」

さっきみたいに腰をシーツに近づけると、先端からはみ出した鎖が当たって敏感な場所をひどく刺激する。

たまらず、ディディは腰を掲げるしかない。それもひどく恥ずかしい格好だった。

喉で笑い、可以がうなじから背筋に沿って指をすべらせる。

突き出された尻を撫で、深い谷間が探られて、どうしようもなくディディはビクビクと腰を揺する。

かまわず可以は指を深くまで差し入れ、一番奥に隠された到底人目に触れることのない場所を、強引にさらけ出させた。

「あ……」

可以の目にじっとそこが見つめられているのがわかって、それだけでディディの頬が燃えるように熱くなる。

ローションにまみれ、さっきまでディディが自分で慰めていた後ろを爪の先でいじり、その指が確認するみたいにいやらしくうごめく襞《ひだ》を掻きまわす。

「あっ、あっ…、やぁ…っ」

猫みたいに尻を高く突き出す形で、ディディは顔をシーツにこすりつけた。溢れ出した唾液がシーツに大きく染みを作る。

自分のそこが浅ましく可以の指に吸いついていくのがはっきりとわかって、全身が熱くなる。

「まったく…、淫乱《いんらん》な身体だな、おまえは。こんなに悦《よろこ》んでるのでは、むしろ私がおまえに奉仕してやっているようだよ」

いかにもあきれたように言われ、ディディは必死にうめくみたいに言った。

「ち、ちが…っ…。……お…俺はっ、可以が、好き…だから……っ」

だからこんなに感じるんだし、こんな……、抱かれているのは血をもらう代償——みたいに思ってほしくなかった。

だけど。

「そうか。だったら、こうされるのはうれしいだろう？」

可以は冷たく笑うと、無造作に二本、疼いていた後ろに指を突き入れた。

「あぁぁ……っ」

痛みはなく、ただ強烈な快感だけが沁みこんでくる。

ディディは夢中で腰を締めつけ、もっといっぱい味わおうとする。

男の指が中を手荒く掻きまわし、抜き差しを繰り返して、さらにディディを追い上げた。

「あっ、あっ……イイ…っ、あぁぁ……っ」

小さく濡《ぬ》れた音が耳に届き、さらに恥ずかしさが募るが、どうしようもなく腰は揺れる。

しかし激しく振り立てたおかげで、男の指があっさりと抜け落ちた。

「いやぁ…っ、まだ…っ」

「困ったヤツだな…」

思わずみじめな声を放ったディディに、可以がいかにもなため息をついた。

「ほら…、もっとイイものをやろうか？」

低く笑うように言いながら、ディディの淫《みだ》らにヒクつく後ろに何か硬いモノを押し当ててくる。

「これが好きなんだろう？」

「あ……」

襞をかき分けるように軽く押し込まれて、思わず乾いた声が唇からこぼれた。

それが何なのかは、もちろんわかる。

もう何度もそこでくわえこんで…、味わって――ディディを悦ばせ、狂わせるモノ、だ。

「好きじゃなかったか？　ん…？」

背中から身体を重ねるようにして、可以が耳元で聞いてくる。

唇で薄く笑って、意地悪な眼差しで。

「す…き……」

どうしようもなく、ディディはうめいた。

「欲しいか？」

「欲しいよ…っ」

重ねて聞かれ、泣きそうになりながらねだる。

焦らすようにこすりつけられて、もう我慢できないように、濡れた襞が男の先端にいやらしく絡みついていく。

わずかに身を起こして、可以が喉で笑った。

「やはりどっちにしても、私がおまえを悦ばせてやってるだけだな…」

独り言のように言いながら、可以がディディの腰をつかみ、じわり、と自身を中へ押し入れてくる。

「あ……」

ゆっくりと身体を引き裂いていく熱に、ディディは喉をのけぞらせた。

「ほら…、味わえ」

そして根元まで押し入れると、可以は小刻みに腰を揺すり、グラインドし、激しく出し入れを繰り返した。

「あぁっ、あぁぁ…っ、――いい…っ、いい……っ！」

ぐちゅっ…ぐちゅっ、と粘着音が耳に届き、しかしそれをかき消すくらい淫らな自分の声が口から溢れ出す。

「まぁ、うかつに…、おまえを人間の女とセックスさせるわけにもいかないから…、仕方がないな…。これも俺の役目だ……」

いくぶんかすれた声が背中に落ち、前にまわってきた指に両方の乳首が摘まみ上げられて、ディディは喉から高い悲鳴をほとばしらせる。

さらに指でこねるようにひねられ、きつく押し潰されて、まともに身動きもできないままにディディは身悶《みもだ》えた。

ジンジンと全身が熱く疼き、今にも爆発しそうだったが、堰《せ》き止められた前は叶き出す先がなく、たまりにたまって荒れ狂うばかりだ。

ディディはもう夢中で腰を振り乱し、唾液が口から溢れ出す。

「可以っ、可以…っ、前…っ、前…、抜いて…っ。お願い…っ、いかせてよ……っ」

ぎゅっと腰に力が入り、中の男をきつく締めつけてしまう。それだけ生々しく、可以の熱と大きさを身体で感じる。

身体の中にそれが刻まれているみたいで……うれしかった。

背中で可以が低くうなる。

「ほら…、中に出すぞ」

傲慢《ごうまん》で……でも、熱く乱れた、吐息だけの声。

感じてる。可以も。

「うん…っ、うん…っ、早く…ぅ…っ」

舌足らずにねだるディディの、熱く脈打つモノを締めつけていた鎖がようやく解かれた。

そして、前を塞《ふさ》いでいた鎖が一気に引き抜かれた瞬間――。

すさまじい快感が体中で弾けた。解放感と、失墜感。

知らず、身体が痙攣《けいれん》するみたいに震える。自分がどんな声を上げたのかもわからなかった。

ぶわっ、と全身が大きな波にさらわれ、意識が一瞬、飛んでいた。

溢れ出した快感が全身を覆い、埋め尽くし、押し流す。

ぐったりとした身体がシーツに沈み、同時に男のモノがずるりと抜け落ちる。

放心状態でただ荒い息をついていたディディの身体が、背中からいくぶん強く引き寄せられた。腕の中に囲いこまれる。同じ、乱れた息づかいが耳に届き、シンクロしているみたいで、妙にくすぐったく、うれしい。

ひやりと一瞬、火照った肌に、可以が身につけたままの十字架が当たった気配を感じる。反射的に、ゾクッと肌を震わせた。

しかし可以のつけている十字架は、銀製ではなかった。チタンだか、プラチナだか、それに似た素材だ。

うっかりディディが触って、火傷《やけど》なんかを負わないように、なのだろう。

可以に引き取られたばかりの頃、一度、それでくっきりと火傷の痕《あと》が残ってしまって――治癒能力に優れた吸血鬼だから、それもすぐに治ったのだが、かなり痛かったのは確かだ――、それ以来、身のまわりの銀製のものはできるだけ作り直したらしい。

この教会の中にある、他のものもそうだった。聖堂の大きな十字架とか、天使の彫像とか。香炉とか、儀式用の食器とか。

ちゃんと、ディディの身体のことを考えてくれている。

……時々、というか、たいてい？　結構、意地悪だけど。

「もう寝ろ。明日も一限からあるんだろう？」

「うん…」

もぞもぞと、ディディは身体の向きを変え、男の胸に額をつける。

シャツを着たままの可以は、まだ仕事をするつもりなのかもしれない。

それでも、ディディが眠るまで、そばにいてくれる。

こうして抱いててくれる。

男の腕の中で、ディディは安らかな眠りに落ちた――。

◇　◇

「……名倉朋春？」

翌日の朝食の席で、思い出したようにディディが昨日の話をしてきた。

「ああ…、いたな」

ちょっと首をひねった可以だったが、すぐに顔と名前を思い出してうなずく。

「まだ一回しか授業してないのに、よく覚えてるねー」

目を丸くしたディディに、可以はあっさりと説明した。

「あのクラスはほとんどが初級からドイツ語を続けてる学生だからな。だが名倉は上級からの履修だ。

高校でドイツ語を第二外国語として選択していたようだから、初級のクラスをとらなくても受講はできる」

それだけに、記憶に残っていたわけだ。見慣れた顔ぶれに新しい顔が入ると、かなり目立つ。

「へー…」

ディディが目玉焼きを口に入れながら、感心したようにうなった。

今日の朝食は、洋風の定番メニューだ。イギリスパンと目玉焼きとサラダ。そして当然のように、トマトジュースがついている。

……吸血鬼的に、何かの慰めになるのかどうかわからないが。

朝食の支度は、基本的にディディの役目だった。朝食だけでなく、家事全般だ。

可以は教会の業務と、大学の仕事とで手一杯なのである。

そういう意味では、ディディを引き取ってから、可以はそのあたりをしっかりと躾《しつ》けてきた。

もちろん、人に対して、そして人前では絶対にしてはいけないこと――も、吸血鬼の親の代わりに厳しく教えこんだが、他にも日常のことをいろいろと。

ディディがほんの幼い頃は可以が食事を作ってやっていたのだが、七つ、八つくらいからディディは積極的に手伝い始めた。

やはり、縁もゆかりもない人間の世話になっている、という負い目があったのかもしれないし、何かできることがなければ見捨てられる、と恐れたのかもしれない。

実際、ディディには、可以以外に頼る人間はいなかった。

……でなければ、すべての人間を敵にまわすしかない。

可以はディディに野菜の切り方から順に料理を教え、掃除のやり方を教えた。洗濯の仕方や、アイロンのかけ方や、細かいことも一つずつ。

ディディは決して物覚えがよく、器用というわけではなかったが、それでもいつも一生懸命だった。

今も同じだ。

「高校で第二外国語かぁ…」

見かけも血統も外国人のくせに、今も外国語で苦労しているディディにしてみれば、感嘆というか、単純に、すごい、という気持ちなのかもしれない。

とはいえ、必修の英語や選択必修のドイツ語はともかく、可以はディディに上級のドイツ語を強制したわけではなかった。ディディの意思で履修を決めたことなので、可以としては依怙贔屓《えこひいき》するつもりもなく、最後までやりきれ、というだけである。

ともかく、高校で第二外国語を選択できるというのは、名倉はそれなりに名門私立の出、ということだろう。

「その学生に言われたのか？　吸血鬼だと？」

可以としても、さすがに聞き流せない気がした。

「あ、うん。でも冗談のつもりだったと思うよ」

あわてたように、ディディが続ける。

「ほら、俺が吸血鬼のコスしたら似合いそうっていう」

「おまえだとコスプレじゃなく本物になるだろうが」

「まーねー」

冷ややかに訂正した可以に、ディディが肩をすくめる。

「とにかく、狙《ねら》いがわからない間は気をつけろ。たまに鋭い人間はいるし、万が一、おまえと同類という可能性もある」

厳しく言った可以に、ディディがうーん、と顔をしかめた。

「そんなに気にすることじゃないと思うけど…」

まったく、吸血鬼なのは自分のくせに、ディディは基本的に暢気だ。

まあ、可以が引き取って以来、ディディはスムーズに人間の中に溶けこんできた。

定期的に可以が血を飲ませてやっていることで、そういう欲求を抑えるのも容易になって、気持ちも安定したのだろう。

吸血鬼たちはもともと人を惹きつける魅力があり、うまく隠すコツさえ覚えれば、人間社会の中で問題なくやっていけるのだ。

それだけに、紛れこんだ吸血鬼を探すのが難しい、と言えるのだが。

ちらっと時計を見て、ディディが急いで残りのパンを口に詰めこみながらもごもご言った。

「普通、吸血鬼がいるなんて信じてる人間はいないだろうし」

「普通じゃない存在が普通を語るな」

危機感のない、脳天気な言葉に、可以はぴしゃりと言い渡す。

う…、となって、ディディが肩をすぼめた。

「……注意します」

おとなしく言ってから、ごちそうさま、と自分の食器をシンクへ運ぶ。

「そうだ。帰ったら、裏庭の掃除をしておいてくれ」

「はーい。了解っ」

思い出して言いつけた可以に、ディディが素直に答える。そしてにこにこと、ちょっと大きく胸を張った。

「こないだ、がんばって聖堂の方は掃除しといたから、見学者が来ても大丈夫だね。今だとまだ多い時期だし」

「天使の像に埃《ほこり》が残っていたぞ」

無表情なままに可以が指摘すると、ディディはうぎゃっ、という顔をした。そして口の中でこっそりとうめく。

「うっ…。こ、小姑《こじゅうと》…っ」

「何か言ったか？」

「ご、ごめんなさいっ。帰ったらやり直すからっ。――行ってきますっ！」

ビュッ、とすごい勢いでダイニングを飛び出した。

まもなく玄関の扉の音がして、ディディが走って行く姿が窓から見える。

可以は自分でコーヒーのお代わりを入れ、無意識にリビングの壁を飾っているキルトのタペストリーに視線をやった。

ディディはただの飾りだと思っているのだろうが、それは可以の母親が趣味で作ったものだった。

かろうじて残された、遺品の一つだ。

他の多くは血まみれで、……とても手元に置ける状態ではなかった。

十七年前の、運命のあの日――。


ディディは、自分が可以と出会ったのは、引き取られた五つの時――つまり十四年前だと思っている。

だが本当は、それよりもさらに三年前だった。ディディが二歳、可以が十五の時だ。

ただ幼かったディディに、その時の記憶はない。

……おそらくは、幸せなことに、だ。

十七年前、可以は商社の駐在員だった父の派遣先であるドイツで、両親と暮らしていた。

世界中を転々とする暮らしは、常に新しい人や文化に出会え、刺激が多く、可以にとってはさほど苦痛ではなかった。その都度、新しい言葉を覚える必要はあったが、語学は得意でもあった。ヨーロッパを何カ国かまわり、ある程度の言語に馴染むと、だいたいのパターンも見えてくる。

その日の夜、何があってそんな遅い時間の帰宅になったのか、今はもう覚えていない。

ともかく、自転車で急いで家に帰っている途中だった。

少し郊外の住宅地に、可以の両親は一軒家を借りていた。日本とは違い、隣近所との距離にはかなり余裕がある。

可以が自宅へ帰り着く直前、いきなり飛び出して来た人影とぶつかりそうになった。

うわっ！　と声を上げ、あわてて自転車のブレーキをかけ、なんとか衝突は免れたが、可以はハンドルを切り損ね、そばの植えこみへ投げ出されていた。

うわっ、と声を上げ、あせったようにその男は振り返ったが、荒い息をつきながらあっという間に逃げていく。

さすがにムッとしてその背中をにらんだ可以だったが、それでも倒れた自転車を引き起こして——

ようやくその異変に気づいた。

バチ…バチ…、というような、妙な音が耳に届いた。そして、特有の匂《にお》いと。

……え？

と、無意識の予感はあったのだろう。それでも、まさか、という思いがやはりあった。

しかし高い生け垣をまわりこみ、可以の隣家になるその家をのぞきこむと——。

家が燃えていた。

オレンジの炎が、なめるように壁を這《は》い上っていた。

「な……」

その光景に、可以はしばらく声も出なかった。

それでもハッと我に返り、消防…！　とまず浮かぶ。そしてまわりに——自分の家に知らせないと、
という焦りと、いろんな思いがいっせいに頭をよぎる。

ただ隣とは広い庭を挟んで距離もあって、風もない夜だっただけに、そうそう燃え移りそうな気配はない。

少し気を落ち着け、ともかく消防だ、と思った時だった。

大きくなる炎の音の合間に、子供の泣き声がかすかに耳に届いた気がした。

一瞬に、可以は心臓が冷えた。

ようやく立って歩き始めたくらいの小さな子供が——確かに隣家にはいた。

中…、人が残っているのか…!?

それまで思い浮かばなかった事実が、衝撃となって襲ってきた。

しかし、真夜中に近い時間だった。普通に考えれば、みんな家にいるはずだった。

――逃げて……ないのか？　気づいていないのかっ？

可以はあせった。正直、どうしたらいいのかわからなかった。

それでもほんのかすかな泣き声に引っ張られるように裏庭の方へまわりこみ、勢いよく燃え広がっている家を眺める。

泣き声は少しずつ大きく聞こえ、どうやら一階の端の部屋からのようだった。

大きくうねる炎は、今にも家全体を呑《の》みこもうとしている。

猶予はなかった。いろいろと考えている余裕もない。

可以はそばに落ちていた石を拾って、泣き声の聞こえる窓を強引に破った。

灰色の煙が一気に吐き出され、激しく咳《せ》きこむ。

しかし泣き声はさらに大きく耳に届き、いるのは間違いなかった。

明かりもなく、煙に曇って中は見通しがきかなかったが、可以は思いきって窓から中へ入りこんだ。

熱気が身体を押し包んだが、できるだけ体勢を低くして、泣き声のする方へ急ぐ。

すると部屋の隅で、ベビーベッドの中にすわりこんだまま、幼児が泣きじゃくっていた。

可以はとっさに腕を伸ばし、その子を抱き上げる。

そしてしっかりと腕に抱いたまま、急いでもと来た窓から飛び出した。

必死に走って家から離れ、ある程度距離をとってからようやく振り返る。

大きな炎が家を呑みこんでいた。

パァン！　とどこかで窓ガラスが割れるような音がして、ようやく周辺の住人たちも異変に気づき始めたようだ。遠く、サイレンの音も聞こえてくる。

可以はただ、呆然とその光景を見つめるしかなかった。

「――いた…っ」

と、ふいに首筋に痛みを感じて、視線を落とすと、いつの間にか泣き止んでいた子供が、可以の首に噛みついたらしい。

お腹が空いているのだろうか？　と思う。そうでなくとも、何でも口に入れてしまう年だ。

自分の家が火事だというのに、暢気だな…、とちょっと苦笑してしまうが、まあ、無理もない。状況が理解できるはずもない。

結構歯は鋭くて、血が滴っていたが大した傷ではなく、可以もこの時は正直、それどころではなかった。

家の前の道にはようやく気づいた近所の人が集まり始めていたが、しかし隣家の若夫婦の姿は見えなかった。

挨拶《あいさつ》程度しかしていなかったが、人当たりのいい、美男美女のカップルだったのを覚えている。

――まさか、逃げ遅れたのか…？

スッ…と可以の心臓が冷える。

でなければ、今頃は泣き叫んで子供を探しているはずだ。こんな小さな子供を一人残して、夫婦で家を空けているということもないだろう。

そんな、まさか…。二人とも？

この子は…、どうなる？

どうしたらいいのかわからず、可以はただ立ち尽くすしかなかった。

結局、あわてて家から出てきた可以の両親が、可以と一緒にその子供を家に連れて帰った。とりあえず、そうするしかない状況だった。

消防車が来て、鎮火され、……そして、家から遺体は出なかった。

二歳になるかならないかの幼い子供を一人残して夜遊びに出たのかと非難囂々《ごうごう》だったが、不思議なことに、両親はそれ以来、煙のように姿を消していた。

自宅の火事を伝え聞き、何らかの罪に問われることを恐れて、子供を見捨てて逃亡したのでは、という意見が大半だった。

結局、残された子供は福祉局の職員が連れていった。家族が見つからなければそのまま施設に入ることになるだろうと、可以は聞いていた。

ディディエという名の、可愛い男の子。

まったく状況を理解しておらず、ただはしゃいで、可以の家のリビングで遊んでいた姿が気の毒だった。

胸が潰れるような気がしたが、可以にはどうしようもない。

それにしても火の気のないところから出火したようで、どうやら放火らしいと結論づけられた。

あっ、と思い出して、可以はぶつかった男のことを警察に話したが、なにしろ暗くて顔は見えなかったから特定はできない。

それにしても、放火されるような理由があったのか、あるいは無差別の犯行なのか。

不思議でも、不気味でもあった。両親がまったく姿を見せないことと相まって、ひどく謎めいた状況だった。

それが急転したのは、火事から二日後だ。

この満月の真夜中、何かの物音で可以は目を覚ました。

「……お母さん？」

半分寝ぼけてはいたが、いつにない荒っぽい気配に、怪訝《けげん》に思いながら可以は二階から下りていった。

そして――その惨状を目の当たりにした。

父と母が重なり合うようにソファに倒れ、……あたりは血まみれだった。

恐怖に引きつった顔のまま、二人ともすでに絶命しているのは明らかだった。

そしてその脇に、男が一人、立っていた。

可以に気づき、ふっと振り返る。

血に濡れたスーツ姿で、……しかし見覚えはあった。隣の家の主だ。

「どこだ…？　ディディはどこだ…っ！」

すさまじい形相だった。

怒りと憤《いきどお》りと、悲しみと――。

それまで見ていた、温和な隣人の顔ではなかった。

いったい何が起きているのかわからなかった。

愕然《がくぜん》と、ただ立ち尽くした可以に、男はつかみかかった。

「あの子をどこへやった…っ！」

抵抗するまもなく首を絞められ、可以は声もなく壁際へ追い詰められる。

息ができない。

悲しいとか悔しいとか、あるいは恐怖のようなものを感じる余裕もなかった。

ただ苦しくて、涙が頰を伝っていた。

死ぬのだ――と思った。

が、次の瞬間。

スッ…といきなり呼吸が楽になり、むせるように可以は息を吸いこんだ。

大きく咳きこみ、その場で床へ崩れ落ちる。

頭の芯《しん》がジン…と痺れる中、うつろに顔を上げた可以の目の前で、神父が男と争っていた。

恐ろしい力で殴りかかった男の拳は壁を破り、鋭い爪先がカーテンや服を引き裂き、それだけでなく、神父の頬や手足の肉をえぐる。

神父だというのは、しかしあとでわかったことだ。神父《スータン》の服を着ていたからだが、普通に考えれば神父がこんなふうに誰かと戦うことなど考えられない。かなりの腕力だった。

どちらも全身から血を流すような死闘で、それでも、最後には神父が打ち勝った。

つかみかかる男を強烈な蹴《け》りで階段の手すりにたたきつけて床へ沈め、イスの脚でその身体を押さえこむと、懐《ふところ》に持っていた細身の剣で男の胸をひと突きにする。

あっ…、と可以は大きく目を見張った。思わず息を呑んだ。

誰かが殺される瞬間など、自分の目で見たのは初めてだった。

だが、苦悶の叫び声を上げた男の身体が、次の瞬間、薄っぺらい紙のようにちりぢりに破れ、風に飛ばされるみたいにかき消えたことに、可以はもう自分の目が信じられなかった。

すべて——夢なんじゃないのか、と。悪い夢なんだと。

この夜に起こったこと、全部。

だが、それは現実で、両親が殺されたことも現実だった。

隣に住んでいた夫婦は吸血鬼だったのだと、その神父——桐生蔵人《きりゅうくろうど》に教えられた。

あの火事は、何かの弾みで夫婦の正体に気づいた男が家に火をつけたものらしい。誰にも信じてもらえず、自分がなんとかしなくては、と思いあまって。

そしてあの時、家には幼児しかいなかったわけではなく、母親がいたのだ。

来客者に対応に出た母親は、不意をつかれた状態で胸に銀の杭を打たれて消滅し、火事の時にはすでにこの世に存在していなかった。

そして集会でちょうど家を空けていた父親は、帰ってきてその恐ろしい状況を知り、生き残った息子は可以が連れていたと、どこからか耳にしたらしい。

冷静に考えれば、可以にとっては理不尽でしかない話だった。何も知らずに可以は子供を助けただけであり、その子もすでにこの家にはいないのだ。

だが父親にしてみれば、妻が殺され、人間すべてが敵に見えていたようだ。

桐生神父は「教会《エクレシア》」が秘密裏に組織する「狩人《シャスール》」と呼ばれる一人だった。

いまだ、世界の闇《やみ》の中に生き続けている「魔物」を狩る任務を負っている。火事のニュース以降、隣家の主について調べていたようだ。

こんな形で両親を失うことなど想像できるはずもなく、可以もなかなか現実を受け入れることはできなかった。

桐生神父に助けられたあとも、助かった、というよりも、放心状態だった。

ただこの凶行をまともに警察に届けることもできず、教会の介入もあって、事件は「事故死」で処理された。

遺体はきれいな形にもどされ、ガレージで一酸化炭素中毒に陥《おちい》ったことになっていた。

いずれにしても、犯人を特定して罪を償《つぐな》わせることなど、すでに不可能なのだ。

隣り合った二軒の続けざまの惨劇に、おそらく周辺の住人は不吉な思いだっただろう。

桐生神父は一人残された可以のそばで、葬式やら社会的な手続きやら、可以の手に余るいろんな対応を助けてくれた。

可以としては、あとは日本に帰って、とりあえず親戚のところにでも身を寄せることになるのだろう、と思っていた。

だが葬式も終わり、少し気持ちも身のまわりも落ち着いた頃、ようやく思い出した。

では、あの時助けた子供も吸血鬼だったのか…？

——と。

そして、その子供に可以自身が噛まれたことも。

ただ助けることに夢中で、その興奮状態で、あまりよく覚えていなかったが、確かに首筋を噛まれた気がする。

ハッと、可以は鏡を見て確かめたが、すでに痕は残っていなかった。

大丈夫……なのか？

吸血鬼に噛まれると、自分も吸血鬼になるのではないのか？

そんな通俗的な情報しかその時の可以にはなかったが、不安だけがむくむくと大きくなった。

どうしよう、と思った。

もしそのことが知られたら、自分も「狩られる」のではないか？

そんな恐怖に襲われ、ゾッと全身に鳥肌が立つ。

だが黙っていることも、やはり不安だった。自分がどうなってしまうのかわからないまま、この先一生を過ごすことなど、とてもできそうになかった。

悩んだ末、可以は桐生神父に打ち明けた。

桐生は、もちろん正式な神父ではあったが、神父とは思えないほど気さくで、豪快な人だった。そのおおらかさに救われたところも大きい。

ずっと力になってくれたことで、それだけの信頼はあった。

可以の話を聞いた桐生神父は難しい顔で可以の首筋を確認し、そして言った。

「悪いが、おまえを日本に帰してやれないかもしれないな…」

噛んだのが二歳の幼児だということで、どれだけの力があるのかはわからない。だが、まったく影響がないとも思えない。

可以の不安や恐れに、桐生神父は一つ一つ丁寧《ていねい》に、真摯に答えてくれた。ことさらごまかしたり、隠したりすることはなく。

吸血鬼として発現した場合、多くは血に飢えて人を襲うようになる。

もともと吸血鬼として生まれた者たちは、血に対して自分を抑える術を学び、成長する頃には嗜好《しこう》品か、栄養ドリンクのような感覚で血を口にする。眷属《けんぞく》を増やしたい場合だけ、自ら意思を持って相手の首筋に牙を突き立てるのだ。

しかし吸血鬼化した人間は歯止めがかからず、もともとの吸血鬼よりずっと血に渇望するという。麻薬中毒患者のようなものだ。

そんな亜種に噛まれた人間がさらに吸血鬼化することはまずないが、大量殺人鬼となった元人間の吸血鬼は、狩人たちに狩られることになる。

……つまり、可以もその可能性がある、ということだ。

それを聞いた時には、血が凍るような思いだった。

「だがおまえは発現していないし、この先、どうなるのかは正直、わからない。そんな子供に噛まれた例がないからな。今の段階でおまえを狩る必要はないと思う。ただ教会《エクレシア》としては、おまえを監視下に置くしかない」

「監視下……」

厳しい言葉に、可以は呆然とつぶやいた。

「可以、よければ俺から一つ提案したい」

そんな可以に、桐生神父が言った。

どうせ監視されて過ごすのなら、追う側に――「狩人《シャスール》」にならないか、と。

迷った末、可以はその提案を受けた。

両親を殺された復讐を、もう直接、その相手にすることはできない。ならば――、という思いは、やはり心のどこかにあったのだろうか。

とはいえ、なりたいと言ってすぐになれるものではない。

まず神父として正式な叙階を受ける必要があり、そのためには段階を踏んでさまざまなことを学ばなければならない。そして、吸血鬼に限らず魔物と戦う技術を身につけなければ、逆に殺されるだけである。

本来、神父になるためには、何よりも召命——神に呼ばれる必要があるわけだが、自分の身に起きたことも、その一つだと認識していた。

結局可以はそのままドイツに残り、神学校へと進んだ。と同時に、将来狩人となるための訓練もうけていた。

可以の、吸血鬼保有者《キャリア》とでも言うべき特殊な事情は、おそらくさまざまな訓練を受けながら、細かくチェックされていたのだろう。潜在能力や適性や将来の危険性——そんなものを。

吸血鬼などの魔物を狩るのは、もちろん人間である狩人たちにとってたやすい任務ではない。

狩られる魔物たちも命がけで抵抗するわけで、命の危険は常にある。殉職——殉教する狩人も少なくない。

多くの魔物たちは存在を隠して人の中に暮らしているし、種類によっては人間に憑依《ひょうい》している場合もある。

それを見つけ出すこと自体も難しく、そのため狩人たちは、改悛し、教会《エクレシア》と「血の契約」を結んだ魔物をパートナーにすることもあるという。

教会《エクレシア》は歴史上、人知れず、多くの魔物を捕らえてきた。その長い命を地下牢で朽《く》ち果てさせることを嫌い、プライドを捨てて教会と契約し、自由を得る魔物も多いようだ。

血の契約は、生涯、その魔物を縛る。逆らえば、塵《ちり》となって消滅する。

同じ魔物であれば他の魔物に対しても敏感であり、狩人たちにとって彼らをうまく使えることも、一つの技量になる。

可以の場合は、自分の中に「吸血鬼」を内在させている可能性があり、それがどのように働くのか、あるいは働かないのか、そんなことも確認したかったのだろう。

ある種、実験体であり、観察対象のようなものだったが、可以はそれに対してどうこう言うつもりはなかった。

乳幼児の吸血鬼に噛まれる、などという例は、他にはないのだろうから仕方がない。

自分の中の吸血鬼の血はおぞましく、それが両親を殺したのと同じだと思うと、時々、叫び出したくなることもあったが。

桐生神父は狩人としての任務《ミッション》で世界中を飛びまわっていたが、時折可以を訪ねてくれた。それも、精神的にはずいぶんと救いになった。

それまで思い描いていた未来とはまるで違う道を進み始め、それから三年ほどはただ新しい世界で学び、訓練することで精一杯だった。

ふと、あの時の子供のことを思い出したのは、高等部の卒業が近づいた区切りの年だった。

自分を吸血鬼にした子供。助けてやったにもかかわらず。

……いや、自分がうかつにあの子供を助けさえしなければ、両親があんな形で惨殺されることもなく、今頃は普通に、幸せな日々を過ごしていたはずなのだ。魔物とも狩人とも関わることもなく。

今さらどうすることもできないとわかってはいたが、激しく後悔したし、自分を責めてもいた。

あの子供は今、どうなっているんだろう？

と、それはふとした疑問だった。

あの子は吸血鬼化した元人間ではなく、純粋な吸血鬼なのだ。

桐生神父から聞いたところでは、もっとも力が強いのは、やはり吸血鬼の宗家とも言える「正統」と呼ばれる血統である。狩人たちには「A」で分類され、おそらくほとんど生き残ってはいない。

あの子供の父親は「B2」と呼ばれる、枝分かれした中では比較的宗家に近い、かなりいい血だった。

B3、B4と正統から遠くなるにつれ血は薄くなり、力も弱くなる。

もちろん教会の方でも、あの子の行方は把握していた。可以と同じく、監視下に置かれているわけだ。当然だろう。

吸血鬼の子供は、吸血鬼化した元人間のようにむやみに人を襲うわけではないが、それは吸血鬼の両親からきちんと躾けられるからだ。人を襲うと自分たちの正体がバレて、人間たちから迫害され、駆逐《くちく》され、狩人たちに狩られることになる、と。

だが、それを教えてくれる親のいないあの子がどのように成長していくのかはわからない。どんな形で自分の特異な存在を認識し、まわりと折り合いをつけていくのか。

よほど危険な状態になれば、かわいそうだが、やはり狩られるのだろう。

「見に行ってもいいですか？」

と許可を求めたのは、……何だろう？

自分をこんな目に遭《あ》わせた元凶が今どんな状態なのか、何をしているのか、そんなことが気になったのかもしれない。わかったからといって、何がどうなるものでもなかったが。

それでも、何か言ってやりたかったのかもしれない。あるいは将来、自分の手であの吸血鬼を狩るのだ、とその意思を固めたかったのか。

教えられた施設へ行った可以だったが、直接会うつもりはなかった。ただ遠くから様子をうかがうくらいのつもりだった。

三年ぶりだったが、その子供――ディディエはすぐにわかった。

人目を惹《ひ》く整った顔立ちで、しかしひどく表情は暗かった。

ディディがまわりから仲間はずれにされ、いじめられているらしいことはすぐにわかった。誰も近づかないし、話しかけられることもなく、ずっと一人だった。

「あんな気持ちわるいヤツに近づくなよ！」

と、子供だけに容赦のない、残酷な言葉が浴びせられていた。

吸血鬼だなどということが、まわりの子供たちに知られていたわけではない。

それでも、友達が流す血をじっと憑《つ》かれたように見つめていたり、跳びかかるようにして指ですくってなめてみたりと、やはり端から見れば薄気味悪い行動はあったようだ。

「みんな…、血が飲みたくならないの？」

と、真剣に友達に聞いたこともあるらしい。

なるほど、やはり吸血鬼として生まれて、幸せに生きられるはずもないな…、と可以は冷笑した。

この時はひどく残忍な気持ちだったのだろう。いい気味だ、と。当然の報いだ、と。

言葉をかけることもなく、顔を見ただけで学校の寮へ帰った可以だったが妙に気になって、それから何度か、施設に足が向いていた。

ただ遠くからディディの様子を見ているだけだったけれど。

いつもディディは一人で、やはりいじめられていた。子供たちだけでなく、どうやら施設の大人たちからもかなり邪険な扱いを受けているようだと気づいた。

彼らもディディの正体を知っているわけではないが、それでも異質な存在だと感じているのだろう。本能的な恐れなのか。

ディディが仲間はずれにされるのも、本人に問題行動が多いのだから仕方がない、と投げ出すような様子だった。

何度目だっただろうか。施設を訪れるようになって三カ月くらいがたった頃、可以はディディの姿を子供たちが遊んでいる施設の庭で見つけることができなかった。この時間は、いつも一人、庭の隅にそびえている木の陰ですわりこんでいたのだが。

何かの用で中にいるのだろうか？　と思いながらも、何となく施設のまわりを一周し、裏の物置小屋の後ろで倒れているディディを見つけた。ちょうど小屋と脇に立っている大木の間で、陰になって見つけにくいところだった。

痩《や》せて、ひどく顔色もわるい。

「ディディエ！　おいっ、どうしたっ？」

とっさに助け起こした可以に、ディディはうつろな目を向けてきた。そして、ふわりと笑う。

「天使……様…？　俺…、死ねた…の……？」

一瞬、可以は言葉を失った。

「……死にたいのか？」

それでも知らず、低く尋ねていた。無意識に、息を詰めるみたいにして。

「だって…、俺……ヘンだし……」

つぶやくように言ったディディの瞳から、ふいに涙が溢れ出した。

「生きてたら…、ダメなの……」

その言葉に、涙に、何か熱い衝撃が可以の身体の奥から衝《つ》き上げた。

――あの時。

自分はこの子を助けるべきではなかったのか。そうすれば、みんな幸せだったのか。誰も不幸になることはなかったのか。

そんな思い、憤りが喉を焼く。

そうなのかもしれない。

だが頭のどこかで、それは違う――、と叫ぶ声がある。

そんなはずはない、と。

ただ……自分を肯定したいだけなのかもしれなかったが。

可以はとっさにあたりを見まわし、すぐそばの地面に放り出されていた破れたトタンに左手を近づけた。その尖《とが》った端に手首を押し当て、思い切って肌を引き裂く。

薄い皮が破れ、サッ…と赤い血が流れ出した。

「ディディエ、飲めっ」

そしてその手を、ディディ口元に近づける。

血の色か、匂いか、ディディの目がふっと見開かれた。

呆然と可以を見つめ、恐れるように、わずかに身体が逃げだそうとする。

「ダメ…、ダメ……なの…っ、それ…っ。怒られる…っ」

泣きそうな顔でディディが首を振る。

どういう状況だったのか、前に血をなめようとして、ひどく怒られたことがあるのだろう。

子供心にも、血を吸うのは悪いことだと悟り、ずっと我慢していたらしい。

「いいから、飲め。おまえは他の人間とは違う。飲まないと死ぬぞっ」

しかし、可以は叱りつけるように言った。そして少し声のトーンを抑え、言い聞かせるようにして続ける。

「大丈夫だ。俺の血は…、飲んでもいいから」

「で、でも…」

瞬きもせずに可以を見つめ、ディディが迷うようにうめく。

「いいから。俺は大丈夫なんだ」

今さら、だった。すでに一度噛まれているのだ。

「ほら」

うながした可以の血が滴る手首に、ディディの目が吸いよせられる。

そして次の瞬間、小さな口が傷口に触れ、夢中になってすすり上げた。

いつの間にか伸びた右手がディディのやわらかそうな癖毛に触れ、そっと撫でてやる。ひさしぶりの血の味に意識が飛んでいるディディは、気づいていなかったようだが。

正直、どうしてこんなことをしているのか、可以にもわからなかった。

すべきことではないのかもしれない。——多分。

このまま死なせることが、ディディにとっても自分にとっても、他の人間にとってもいいことなのかもしれない。

だが、可以にはそれができなかった。

やがて満足したのか、あるいは我に返ったのか、ディディがハッと顔を上げた。

それでも頬に血色がもどっていて、可以はホッとした。

「……ダメ……なのに……。ごめんなさい…っ」

くしゃっと顔を歪め、全身を震わせて、ディディが泣き出した。

その小さな身体を、可以は無意識に抱きしめる。

「ディディエ…、一緒に来るか？」

その頭の上で、可以は静かに言った。

可以は桐生神父に相談し、教会の幹部に掛け合ってもらって、ちょうど高校を卒業するタイミングでディディを施設から引き取ることにした。

いかに吸血鬼とはいえ、何の罪も犯していない小さな子供を殺すことは、教会《エクレシア》としてもためらわれたのだろう。しかしディディをこのまま野放しにし、将来的に敵対されることになると、かなりやっかいだ。ならばそばで見張り、懐柔して、人を襲わないように、教会に逆らわないように躾けることができれば一番いい。

そしてその役目は、可以が適任だった。

もし何かあってディディが身近な人間を襲ったとしても、可以ならばすでにディディに血を吸われているわけだから。

と同時に、もしディディが他の人間を襲うようになれば、可以の責任として、可以自身がディディを狩る――。

そういう取り決めだった。

可以はディディの面倒を見ながら大学へ進み、桐生神父や他の狩人《シャスール》の仕事を少しずつ補佐するようになって、狩人としての力や経験を重ねていった。

ディディをこれまでの生活から離し、まるで違う新しい環境で育てた方がいいだろう、という判断で、日本へ連れていくことにした。

それにともなって、可以も日本を拠点に狩人《シャスール》として任務をこなしていった。

吸血鬼「キャリア」の血が、やはり同類を察するのか、あるいは桐生神父の教えがよかったせいなのか、可以は優秀な狩人《シャスール》に成長していた。

魔物の見つけ方も、狩り方も、手際がよく、判断も確かだった。できるだけ騒ぎにならないように、さりげなく。まわりの人間に危害を及ぼさないように。

だが十年前、ある吸血鬼を封印するために、桐生神父が自分の命を引き替えにした。

その後、可以は狩人《シャスール》としての役目を返上し、「墓守」になった。

桐生神父が吸血鬼を封じたまま眠る教会を、自分の手で守ることにしたのだ。

それが、智英大学の中にある、この教会である。

日本に来てディディは少しずつ明るさをとりもどし、のびのびと元気に育っていった。施設にいた頃からは考えられないくらい、学校でも人気者だった。

ディディがいくつの時だっただろう。十歳にはなっていなかったと思う。

「俺…、吸血鬼なの？」

ふいに、思い詰めたようにそう聞かれた。

物語かドラマか、あるいは学校で、吸血鬼という魔物がいる、という話を聞いたのだろう。

他の人間とは違う自分の存在に、名前がついたわけだ。

世に言われる「吸血鬼」のイメージはさまざまで、実態とはかなり違っている。それでも本質的には、人の血を吸う「魔物」の種族だ。

そうだ、と可以は答えた。

嘘をついても仕方がなかった。それが向き合わなければならない事実だ。

すると、首を傾げて真剣な顔でディディが尋ねてきた。

「可以はさ…、どうして俺を引き取ってくれたの？　吸血鬼なのに」

まっすぐに問いかけてきたディディの眼差しに、何と答えていいのかわからなかった。

「一度助けた責任だな」

そう答えるしかなかった。

実際、そういうことなのだろうと思う。

今さら放り出すわけにもいかない。

その時のディディには、可以の言っている意味はよくわからなかったと思う。

目をパチパチさせて、そしてちょっと目を伏せて、ありがと…、と小さくつぶやいた。

「俺は…、可以と一緒にいられてうれしい、から。よかった……」

ちょっと潤《うる》んだようなディディの瞳が、可以の心に残った――。


広いキャンパスでは初々しい新入生たちが迷いながら教室を探し、公式なサークルの勧誘期間は終わったものの、まだあちこちでピンポイントに誘っている学生たちの姿も見える。

可以が事務局での用を終え、研究室がある建物へもどっていく途中だった。

通りかかった購買部のあたりで、誰かと立ち話をしていた学生の横顔にふと足を止める。

名倉だ。ディディの言っていた男。

優しげでおとなしそうな、普通の学生に見えた。

吸血鬼発言は確かに突拍子もなくて驚くが、ディディの言うとおり、普通に考えれば冗談として受け止めるべきものだろう。オカルト好きというか、神学部に入ったのも、その手の神秘主義に傾倒している可能性もある。

そのうち、タイミングがあれば吸血鬼かどうかの確認しておこうか、と思っていた。

その名倉と話している相手は——確か風間《かざま》という、この四月から新しく図書館の司書として勤め始めた男だ。

まだまともに話したことはなかったが、可以も図書館へはよく行くので面識はある、というくらいだろうか。

「椰島神父ですね？　初めまして。今年度からこちらでお世話になります、風間と言います」

朗らかに礼儀正しく、そんなふうに挨拶をされていた。

自分の顔と名前を知っていたようなのが、少し意外だった。

大きな大学で、教職員の数も相当なものなので、可以としてもそのすべてを把握しているわけではない。

とはいえ、神父という仕事柄のせいか、見知らぬ人間から声を掛けられることも、ままある。ましてミッション系の大学であれば、学生だけでなく、教職員が信徒である確率も高い。

風間も、もしかすると可以のおこなったミサなどに出たことがあったのかもしれない。

……まあ、だとしたら、印象に残る男なので覚えているはずだったが。

年は可以と同じくらいか、少し上くらい。

司書などとという地味な仕事のわりに、人当たりがよく、笑顔もさわやかで、落ち着いた大人の男のかっこよさがある。堅苦しさはなく、話もうまいようで、あっという間に——主に女子学生の——人気をさらっていた。

今も、通り過ぎる学生たちがちらちらとそちらを眺めていく。何か話しかけたそうに、近くでそわそわしている女の子たちも。

そんな視線の中で熱心に話しこんでいる名倉の様子に、可以はわずかに目をすがめる。

――親しいのか……？

やがて名倉がぺこりと頭を下げて、うれしそうに顔を紅潮させ、小走りに去っていくのが見えた。

少しの間、それを見送っていた風間の視線が、ふとこちらに流れ――目が合った。

それほどじっくりと見つめていたつもりはなかったので、少し気まずかったが、可以は軽く会釈《えしゃく》をしただけで歩き出そうとした。

「椰島神父」

が、風間の方がまっすぐこちらに近づいてくる。

「よかった。少しお話したかったんですよ」

にこやかに言われ、可以はちょっと首をひねったものの、穏やかに向き直る。

「お疲れ様です、風間さん。もうこちらの職場には慣れましたか？」

何気ない挨拶に、はい、と男が微笑んでうなずいた。

「おかげさまで。皆さん、よい方ですので」

当たり障りのない返答。

そつがなく、常に明るい笑みに、どこか胡散臭《うさんくさ》さを感じてしまう。

「名倉とお知り合いでしたか？」

と、思い出して、何気なく尋ねた可以に男がうなずいた。

「ああ…、彼、神父様の生徒でしたか」

そんな返事もどこかわざとらしく、とぼけたようにも聞こえる。

「よく図書館へ来ますからね。なんとなく顔馴染みに」

これ以上つっこんでものらりくらりとかわされそうで、可以は話題を変えた。

「それで…、お話というのは？」

「いえ、たいしたことでは。……ただ、少しばかりご忠告を、と思いまして」

一見、穏やかで優しげで、しかしどこか傲慢《ごうまん》な響きを感じた。

「忠告？」

ふっと、可以は無意識に警戒する。

「何でしょう？」

「私の経験則です。人間は、生まれ持った本能や性質はずっと変わらないということを、あなたは知るべきだ。人間でも、……人間でなくともね」

やはり穏やかな笑みのまま、風間が静かに言った。

――人間でなくとも…？

ふっと、可以は目をすがめる。

それは暗に、ディディのことを言っているとしか思えない。

「……どういう意味です？」

それでも低く聞き返した。

「いずれ、彼も本能が押さえられなくなる。本性を見せる、ということです。そもそも吸血鬼と人間とでは種が違う。人間の手で育てたところで、人間になれるはずもない。どれだけ隔離して育てたとしても…、一度、仲間と交わるとあっという間にあちら側の存在になってしまう。犠牲者が出てからでは遅いんですよ」

可以はわずかに目を見開き、男を凝視した。

ごくり…、と無意識に唾を飲みこむ。

「あなたは…、いったい……？」

はっきり「吸血鬼」と名指しした。

風間が薄く微笑む。

「失礼。私は使徒座から派遣された者ですよ。あなたと…、あの子の現状を評価するためにね」

――監察官。

あっと内心で声を上げた。

教会《エクレシア》の本部から、定期的のその役目の人間が送られていることは知っていた。ただ、こんなふうに正面からそれを明かされたことはなかったが。

いつもはこっそりと、陰からそれをチェックしている。

ディディに危険な兆候がないか。そして可以自身も——吸血鬼化していないか。ディディを手元に置いている可以に、教会に対する謀反《むほん》がないのかどうか。

さらに、ディディの正体がまわりの人間に知られていないか。

もし、はっきりと「吸血鬼」だと一般の人間に認識されるようなことがあれば、やはりその時点で存在は消されなければならない。

ということは、本来はこの男も「神父」のはずだった。だが「監察官」の場合は、必要に応じて適当な身分を得ることもある。

「……ではあなたが、さっきの名倉を使ってディディ…、ディディエにカマをかけた、ということですか？」

固い声で、男をにらむように可以は尋ねていた。

それで動揺し、うっかりディディがボロを出してしまったら、ディディは「処分」されるのだ。この世から存在を消されてしまう。

「ずいぶんと卑怯なやり方ですね」

低く、かすれた声がこぼれる。知らず、怒りがにじみ出ていた。

それに風間が吐息で笑う。

「だいたいどんな組織でも、監察というのは嫌われるものですよね。身内を疑い、ことさらアラを探し、処罰する役目だから仕方ありませんが」

うそぶくように言ってから、皮肉めいた笑みで続けた。

「ですから、忠告ですよ、椰島神父。いつまで関わってるつもりです？　あなたにしても、あの子が消滅してくれたら自由になれるはずでしょう？　なにしろ、あの子はあなたの『マスター』だ」

その言葉に、ビクッと一瞬、可以の身体が震えた。無意識に息を吸いこむ。

確かに、自分の血を吸ったディディが「消滅」すれば、今の楔《くさび》から解放される。自分の中の「吸血鬼」がいつ発現するかと恐れる必要はなくなるのだろう。

「あなたに始末できないのは仕方ありませんが…、そのために私のような役目がある。さっさと手放してしまうことをお勧めしますよ。あなたにとってメリットは何もない。爆弾を抱えているだけですからね」

「観察官の手をわずらわさなくとも、自分の始末は自分でつけますよ。ご心配には及びません」

何かが切れそうになって、ぴしゃりと可以は言い切ると、失礼、と固く言い残して足早に男の前を去る。

ぎゅっ…、と無意識に拳を握った。

――確かに、ディディが消えれば、自分は自由になれるのかもしれない。

忌《いま》まわしい血の呪《のろ》いから解き放たれ、常に吸血鬼化を怯える必要はなくなり、蔵人が死んでから手放していた、狩人《シャスール》としての誇りと自信を取りもどせるのかもしれない。

考えたことがないわけではなかった。

いらだちも怒りもあったが、それでもディディがそばにいることで、同じくらい救われているところもある。

やはり十四年も手元で育てると、情みたいなものも移るのだろう。犬猫も同じだ。

……それにしても。

と、少し冷静になって、可以は小さくため息をついた。

ここまで直接的に仕掛けてくる監察官は初めてだった。今までもまわりで、もしや…、と疑った人間は何人かいたのだが、彼らはいつの間にかさりげなく現れて、そして監査が終わるといつの間にか消えていく。

そして監査結果も、今まで特に問題はなかったはずだ。ディディが生きているところをみると。

だが使徒座の神父たちの中でも、ディディや自分の存在については意見が分かれるところだというのはわかっていた。

そもそもディディのことにしても、施設であのまま死なせておけばよかったのに、余計なことを…、と、可以の行動を非難する声は少なからずあったのだ。

それこそ、犠牲が出ないうちにさっさと処分すべきだ、という意見も当然、ある。

どうやら風間は、そちらよりの人間らしい。

――監査、か…。

悪い男に当たったようだった。

◇

◇

「このあと、礼拝堂の見学のついでに、ディディの家に遊びに行ってもいいかな？」

そんなふうに名倉が聞いてきたのは、新年度の授業が始まってひと月以上が過ぎた頃だった。

そろそろ授業のペースにも慣れ、少し余裕が出てきたところで、どうやら前に言っていたように聖堂の見学を考えているらしい。

名倉と重なっている授業はこのドイツ語だけだったが、すっかりディディや他の友達とも馴染み、ドイツ語の方も優秀で、友達やディディも名倉のノートを頼りにすることは多かった。予習なども、何度か一緒にしてもらったことがある。

「僕、次の時間はもともと空きだし、その次が休講だから、今日はちょっと余裕があって」

「へー、礼拝堂？　ディディんちの？」

「そういや、俺も行ったことねぇなぁ…」

「ディディの家って？　教会、住んでるの？」

「えっ、私も行きたいーっ」

そんな名倉の言葉に、ディディが何か答える前にまわりがわっと盛り上がった。

「じゃあ、みんなで来る？」

ハハハ、と笑って、ディディは言った。

「え？　いいの？　こんなに急で大丈夫？」

「うん。教会はいつ、誰が来ても大丈夫なところだし」

可以には気をつけろ、と言われていたが、このひと月、別段何か仕掛けられたり、誘われたりしたこともない。

どこかに連れ出されるわけではなく、行き先が自分の住んでいる教会であれば、まったく問題ないはずだった。

一緒に学食でランチを食べたあと、ちょっとしたツアーのように、七人で連れ立って教会まで歩いた。

みんな気になってはいても、入学してしまえば日々のいそがしさに取り紛れ、いつかそのうち、という感覚でなかなか足が向かないのだろう。実際、距離的にもちょっとおっくうな感じに遠い。

「うわ…」

「すごい…、きれい…」

正面から聖堂に入ると、ドーム状の高い天井を見上げて女の子たちが感嘆の声を上げた。

真正面の祭壇の上には大きな十字架と、どっしりとした円柱の間に整然と並ぶベンチ。脇にあるパイプオルガン。

シンプルなステンドグラスからはやわらかな光が差しこみ、さすがに荘厳で静謐《せいひつ》な雰囲気だ。

「ここ、結婚式とかもやるの？」

やはりそっちに発想がいくのか、女の子が聞いてきた。

「うん、たまに。卒業生同士が結婚する時とか」

そんな時は、ディディも手伝いで大忙しだ。

「あー…、そうか」

「そういえば、去年、見たことあるよ。教会の前で、ウェディングドレス姿で写真撮ってた」

「そうそう」

「ディディはどこ住んでんだ？　この中なんだよな？」

ちょっと不思議そうに聞かれて、ディディはうなずいた。

「後ろの方が居住スペースになってる」

「わー、ディディの住んでるとこ、見たいっ」

「いいけど…、別に他のうちと変わらないよ？」

別に友達を家に招くことは、可以に止められているわけでもない。

苦笑しながら、ディディはちらっと名倉を見た。

もともと来たがっていた名倉は聖堂内をゆっくりと歩いて、やはり興味深げにあちこちと眺めている。

「ディディ」

と、ふいに奥から可以が姿を現した。講義の時のスーツ姿だ。小脇に大きめの封筒を抱えている。

「あれ？　可以も帰ってたんだ」

「ちょっと資料を取りにね」

何気ないやりとりに、来ていた他の学生たちがあせったように飛び上がった。

「すみませんっ」

「お、お邪魔してます…っ」

やはり可以は厳しいイメージを持たれているようだ。

「別に邪魔ではないですよ。教会の扉はいつでも開かれていますから」

それに穏やかに答えた可以が、ふっと祭壇近くで十字架を見上げている名倉に視線をやった。

やはり気にしているらしい。

「古いものもあるので…、めずらしいでしょう」

さりげなく近づき、そんなふうに声をかけている。

「あ、はい。勉強になります」

少しとまどったように、それでも名倉が丁寧に答えた。

「この聖堂も十年前に少し壊れた部分を修復したのですが、……ああ、これなどはこの教会ができた時からあるものですよ」

言いながら、何気ないように可以が祭壇の上から燭台《しょくだい》を手にとり、名倉に手渡す。

ディディはわずかに目を見張り、無意識に息を詰めた。

可以としては破格のサービスに見えるが、おそらく、名倉を試しているのだ。

あの燭台は古い銀製で、掃除をする時にもディディは決して触らない。ちょいちょい、とやわらかな繊維のハンディワイパーで埃を落とすくらいだ。

「装飾が見事でしょう?」

「本当ですね…」

しかし名倉は、手にした燭台を近くでじっくりと眺めてつぶやいた。

その様子に、ホッ…とディディは肩の力を抜く。

やっぱり普通の人間だった。よかった…、と思う。

ディディは、他の同類――つまり吸血鬼は、これまでに一人しか知らない。会ったことがあるのも、その一人だけだ。

やはり改悛して、狩人《シャスール》のパートナーとなっている男である。

もし、他にも同類がいるのなら――どこかにはいるはずだが――会ってみたい気もする。どんなふうに生きてきたのか、聞いてみたかった。

が、おそらく、可以とは敵対することになる。つまりディディにとっても敵だ。

「神学部だったね。君は召命を得ているのかな？」

可以が世間話みたいに尋ねている。

神父なので、神学部の生徒に関心を持つのはおかしくはないだろう。

「いえ…、それはまだ。将来的にはわかりませんが…、今はただ宗教の文化的な側面に興味があって」

そんな答えに、可以が穏やかにうなずいた。

「奥深いテーマですね」

どことなく高尚なやりとりに、すごいなぁ…、とディディは単純に感心した。自分の学んでいる学問に対して真摯だ。

名倉に比べると、自分などは本当にいいかげんな感覚で大学へ通っているのだろう。

将来何をしたいとか、何になりたいとか——正直、まだ考えられない。

そもそも自分の「将来」というのが、どこからになるのかわからないのだ。まったく実感がないけど、吸血鬼であれば、きっと百年単位で生きることになるのかもしれないし。

どのあたりで成長？　老化？　が止まるのだろう。

昔の同級生には会えないな…、とか、普通の会社だと、せいぜい四、五年くらいしか勤められないんだろうな、とか。

多分、いろいろと問題も出てくるだろうけど、なにより、……可以とずっと一緒にいられるんだろうか、と思ってしまう。

普通に考えれば、可以はずっと先に死んでしまうのだろう。人間、だから。

それを考えると、たまらなく胸が苦しくなる。

可以がいなかったら…、そんな長い時間を、一人でどうやって生きていったらいいのかわからない
――のに。

今までもそのことは考えないわけじゃなかったけど、できるだけ考えないようにしていた。

今は今だ。今しかない今をできるだけ楽しんで、そしてできるだけ、可以の役に立ちたい。迷惑にならないように。拾ってよかった、と思ってもらえるように。

とにかく、ディディは自分の正体がまわりにバレないようにしなければ、それこそその長い寿命を生きていられる保証はないのだ。

ぼんやりとそんなことを考えていた間にも、可以と名倉は会話を続けている。

「そういえば、司書の風間さんとは親しいみたいですね」

「あ…、はい。時々、本を探すのを手伝っていただいているんです。神学関係の本は選ぶのが難しくて」

なるほど、と可以がうなずいた。

その「司書の風間さん」という人をディディは知らなくて（図書館へあまり行ってないのがバレバレだ…）、自分の知らない人の話で可以が同級生と通じ合っている感じは、ちょっとムカッとする。

「何か私で力になれることがあれば、いつでも言ってきてください」

「ありがとうございます」

丁寧に頭を下げた名倉から燭台を受け取り、元の位置にもどすと、可以がこちらを振り返って微笑んでみせた。

「聖堂の見学はうれしいですが、皆さんも次の講義には遅れないように。――ディディ」

指で呼ばれて、ディディはとっとっと近づく。

「帰ってきたのなら、ついでに庭の花に水やりしておいてくれ」

その言いつけに、はーい、と返事をしてから、ちょっと身を寄せて小声で尋ねる。

「司書の風間さんて誰？」

可以が白い目でディディを見下ろした。

「司書の風間さんを司書の風間さん以外にどう言えと？」

う…、とディディは言葉につまる。

それはそうなのかもしれないが、聞きたいのはそういうことではない。とはいえ、確かにそれ以上に説明しようはないのかもしれない。

「だが、おまえはあの男には近づくな」

「えっ？」

いきなり感情のない声で言われ、思わずディディは声を上げたが、可以はそのまますると背を向けて聖堂を出た。

——なんだろ？

今までそんなふうに言われたことがなくて、さすがに首をひねってしまう。

「……あー、びっくりした」

可以の姿が消えてから、ホーッと他の学生たちが大きな息を吐き出した。

「そんなに怯《おび》えなくても。別に恐くないよ、可以は」

思わずディディは苦笑いする。

「恐いよ、十分っ。神父さんて、もっと温和なイメージだよなぁ…、普通」

ぶつぶつと言ってから、ハッとしたように振り返って、可以がいないことを確かめる。

そんな陰険な不意打ちを食らわすタイプに見えるのだろうか？

……うん。まあ、ないことはないか。

思い返して、内心でうなずく。

そういえば、ディディも昔はよくやられた。教会の雑用とか、大学の仕事の手伝いとか、こき使われることも多くて、文句を垂れていたのをこっそりと聞かれて、尻をぶったたかれたり。小さい頃、ほんの出来心でイタズラを仕掛けたのだが、あっさりと見抜かれたあげく、逆トラップをかけられて池に落ちたり。まったく容赦がない。

「あ、自宅のスペースはこっちね」

ディディの部屋はー？　と興味津々に聞かれ、ディディは先に立って歩き始める。

日本の神社の結界とは違うが、やはり公的な聖なる場所と、世俗なプライベートな空間は切り離しておこうという感覚はあるのだろう。

利便上、聖堂には中から入れるようになっているが、いくつか扉を抜け、長い通路を隔てている。

「うわー、秘密基地みたい」

と、誰かが感想をもらす。

扉もいくつかあって、庭へ出る勝手口とか、物置の扉とか。

「ディディ、ここ全部、一人で掃除してんの？」

驚いたように聞かれ、ディディは笑って説明した。

「まさかー。毎日とか週一とか、定期的にやる場所は決まってるけど、聖堂とか庭は信者さんが手伝ってくれてるよ。神学部の学生さんとか。あ、聖職に進むことを決めてる人だけど」

やはり日常ではない世界がめずらしいのかいろいろと質問をされて、ディディも答えられるところは説明してみたが、多分、この教会はあんまり普通じゃないよな…、と思う。のど、ここを標準に受け止められるとちょっと困る。

なにしろ、吸血鬼が同居しているのだ。

「なくらっちは神父になるの？　ていうか、もったいないよー。神父さんって結婚できないんだよね？　せっかくモテる、可愛い顔に生まれてんのに」

そんな女の子の言葉に、名倉が恥ずかしそうに肩をすぼめる。

「僕、高校まで地味で、ぜんぜん目立たなかったんだよね…。友達、いなかったし、女の子ともぜんぜんしゃべれなかったし。いじめの対象にならないように、隠れてた感じ？　でもそれじゃダメだなって…、大学デビューっていうのかな？」

へー、と予想外だったらしく、女の子が目を丸くする。

「いい出会いがあって…、背中を押されたんだよね」

「いいね、そういうの」

つぶやくように言った名倉に、女の子がにっこりと笑った。

「なー、ここは何？」

と、後ろの方を歩いていた友達が一つの扉を指さした。

他とは違って、クラシックな雰囲気のドアだ。

「あ、そこ、地下室なんだよね。この教会が最初に建った時からあったみたいで、中、穴蔵みたいだよ。薄暗くて、明かりもすごくアンティークみたいだし」

振り返って、ディディは説明した。

「へえ…、すごい。おもしろそうっ。ね、中、見ていい？」

「いいよー」

ひどく関心を見せて身を乗り出した名倉に、ディディは気軽に答えた。そして結構重い扉を、よいしょっ、と両手で引っ張って開く。

「階段、気をつけてー。明かりつけても薄暗いし」

言いながら横のスイッチを入れると、ほんのりと足下の空間が明るくはなるが、先が見通せるほどではない。

「うわぁ…、お化け屋敷みたい。下って何があるの？」

声を潜めるようにして、女の子が聞いてくる。

「ワインセラーになってる」

「おー、ワインセラーっ。すごいなっ」

ワイン党ではなかったはずだが、酒好きの男がわくわくと声を上げた。

「あ、儀式用だから。趣味じゃないから。ていうか、そんなに高いワイン、ないからね。食料倉みたいなもんだし」

ディディはひらひらと手を振る。

慣れたディディは感覚でとっとっと階段を下りていくが、やはり初めての彼らは一段一段、確認しながら下りていた。

先に下りきったディディが、中の明かりもつける。

すると、ようやく光が階段まで広がり、彼らも余裕を持って進んできた。

六畳くらいの広さだろうか。レンガをはめこんだ壁は本当に穴蔵のようで、きちんとしたスクエアではないので微妙にはっきりとしない。

木の棚に無造作にワインが並べられ、別のスチール棚にはカップラーメンや缶詰みたいな非常食が置かれている。

「非常食ってこんなとこにおいといたら、いざという時、埋まっちゃうんじゃないの？」

あきれたように言われ、そうなんだけどねー、とディディも苦笑する。

「食料庫としては微妙なんだよなー。ここだと水とかもいちいち運んで上げるの、面倒だし。上げ下げも重いし。めったに使わないものとかならいいんだけど」

「へぇ、こんなところにも祭壇があるんだね。なんか、神棚みたい？」

壁沿いに歩いてあちこちを眺めていた名倉が、一番奥の小さな棚を見つけて言った。

白い布がかかり、その上に古そうな石の十字架が置かれただけの簡素なものだ。

「そういえばそうだな…。あんまり気にしたこと、なかったけど」

ディディはちょっと首をかしげた。

「隠れキリシタンっぽいなー」

クスクスと誰かが笑う。

「多分、昔からあったんだと思うよ。俺たちがここに来る前から。昔は礼拝堂だったのかな？」

「おもしろいね…」

つぶやくように言うと、名倉が祭壇の後ろの壁にそっと手のひらを押し当てる。

やはり神学部だけあって、そんなところにも興味があるのだろうか。

「いーい？　じゃ、上がろうかー」

めずらしくはあるが、それほど見るべきものもない。

ディディが声を上げると、みんながぞろぞろと階段を上がっていく。

しかし名倉だけは、最後までその祭壇の前でじっと立ち尽くしていた。祭壇を、というより、その向こうの、何もない壁をにらんでいるようにも見える。

「名倉？」

怪訝に声をかけると、ハッと我に返ったように振り返った。

「あっ、ごめん」

照れたように笑って、あわてて他の友人たちを追って地上にもどる。

「次！　ディディの部屋ねー」

女の子が楽しげな声を上げる。

「あんまり片付いてないんだけどなー」

言い訳しながら、奥の住居スペースに案内した。

ここから入り口で靴を脱ぐことになっており、プライベートな空間だ。

どうぞー、とリビングを抜け、ディディの部屋へと友人たちを招き入れる。結構な人数なので、かなりぎゅうぎゅうだ。

「ほんと、ふつーだなー」

ちょっとあきれたように言われて、だから言ったろ、とディディは口を膨らませた。

それでも楽しそうに、ディディの部屋の中を物色している。

別に見られて困るモノはなかったはずだ。吸血鬼グッズなんかもないし。

「エロ本ねぇの？　あ、ＡＶとか、隠してねぇ？」

「ないよっ。教会だよっ」

賑やかに声を上げられ、それにディディは嚙みついてみせる。

みんながどっと笑った。

こっそりと見たことがないわけではなかったが、やはり家にはおいておけず、見つからないように処分した。

血への欲求とは別に、やはり性欲というのはそれなりにある。もしかすると、それは結びつきやすいのかもしれない。

昔、可以に血をもらっている最中、うっかり下半身が反応しまった時には、本当にもう、どうしようかと思った。思春期の男の子には、あまりに恥ずかしい状況だ。

……実際のところ、それまでも反応しそうにはなっていたが、なんとか我慢していたのだ。

そうでなくても、まわりが女の子の話とか、初体験の自慢とかで盛り上がる中、頭の中でディディが裸で抱き合っていたのは、やっぱり可以だった。

可以にされることを想像して、自分で慰めたことも、何度もあった。パンツを汚して、こっそりと洗ったことも。

だけど、初めて可以に手でしてもらった時は、比べものにならないくらいの快感と衝撃だった。

「おまえも色気づく年か…。だがおまえに、うかつに人間の女に手を出されても困る。種を飛ばされるとやっかいだからな」

そんな言葉で、可以はディディを抱いた。

血を与えてくれたあと、交換みたいに。

うれしくて——どこか淋《さび》しかった。

可以にとって自分は……何なんだろう？

時々、ふっと考えてしまう。

教会《エクレシア》の、ディディにつけられた監視役——なのは確かで。

どうして可以だったんだろう？

と、最近、そんなことが気になり始めていた。

たまたま可以がその役目を与えられて、仕方なくディディの面倒を見てくれているのか。

十四年前のあの時から？

でもあの頃の可以は、今のディディよりも若かったはずなのだ。

わからないことはいっぱいあったけど、聞くのはちょっと恐かった。

今の、可以との生活が楽しくて、幸せで……それを壊したくない。そんな思いが、どうしても先にくる。

三十分くらいディディがネタになってからかわれ、次の講義の時間も近くなって、ようやく彼らは腰を上げた。

ディディも一緒に出ようと思ったのだが、危うくさっき可以に言われていたことを思い出す。

「そういや、庭の水まきしないとっ。先、行っててー！」

大きく声を上げると、友人たちは笑いながら、がんばれー、と手を振った。

しかしふと足を止めた名倉が首を傾げた。

「どうしてディディは椰島神父の言うこと、そんなに素直に聞いてるの？」

「え？」

正直、言われた意味がわからず、ディディの方も首をひねる。

「……えーと、普通に親の言うことを子供が聞くようなもんだと思うけど……？」

「でもいろいろと便利に使われてるみたいだし」

「まぁ、そりゃあ…」

まじめな顔で言われ、ディディは愛想笑いで返すしかない。

確かに普通の親子に比べると、ディディは可以の命令に絶対服従ではある。

「あっ…、別に俺、虐待《ぎゃくたい》されてるとかじゃないよ!?」

もしかしてそんなふうに思われているのかっ？

と、あせってディディは声を上げた。

「まさか、それは無理だよね」

そんなふうに言って、ふっと名倉が不思議そうにディディを見る。

「ディディって何か……」

「なに？」

ちょっと言い淀んだ名倉に、ディディは聞き返す。

しかしそれに、名倉は首を振った。

「ううん。すごい素直なんだなー、と思って。何か…、もったいないよね」

ため息混じりに言われて、ますますわからない。

「僕からすると、うらやましいんだけどな…」

それだけぽつりとつぶやくように言うと、じゃあまた来週！ と手を上げて、他の友人たちに追いつくように走っていった。

「もったいない？」

……て、何が？

「あっ、時間っ」

ちょっと考えこんでしまったが、それどころではなかった。

さっさと水をやって、ディディも次の講義に行かなければならない。

ディディはあわてて長いホースを物置から持ち出した――。

◇　　◇

六月に入り、花粉症対策なのか、マスクだらけだった講義室にもようやく人間らしい表情が多くなっていた。

まだ梅雨入り前で、初夏の風がすがすがしく、キャンパスいっぱいに広がる緑も目に優しい。

大学の空気も、浮ついた感じから全体的に落ち着いていた。だらけてきた、と言ってもいいのかもしれないが。

可以は少しばかり懸念していたディディの新しい友人――名倉という男を注意して見ていたが、吸血鬼だとか、魔物が憑依しているとかいうわけではなさそうだ。

そちらは問題なさそうだが、しかしこのところ妙に肌がざわつくような、落ち着かない感じが離れなかった。

何かが起こりそうな予感、というのか、自分の知らないところで何かが動いているような感覚、というのか。

あるいはそれは、あの風間という監察官の粘り着くような眼差しのせいかもしれないが。

今度はいつまでいるんだろう？　とさすがにうっとうしく、不快に思うが、尋ねて答えてくれるはずもない。

そもそも監察官が自分の存在を明かしていては、帰ったあとに対象者がハメを外すだけではないのか？　という気もするのだが。

案外、無能なのか？　あの男…。

そう思うと、ちょっとすっきりと気が晴れる。

この日、可以は図書館から本を借り出し、教会へもどる途中だった。

対応は風間ではなく別の司書だったのだが、わざわざ挨拶の声を掛けてきたあたりが小憎たらしい。

ディディには、近づくな、という以上のことは言えなかったが、……うっかりあの男の前で何かやらかさなければいいが、と思う。

どうやら風間は名倉を信用させているようだから、また彼を使って——いや、名倉だけとは限らない、他の学生を利用して、ディディを揺さぶってくる可能性もある。

可以は無意識に、苦虫を嚙み潰したような顔になっていた。

やっかいだった。どんな難癖をつけられるかもわからず、ディディには一度、そのあたりをきちんと注意しておく必要がある。

自宅スペースに近い教会の裏口へ出るルートを通ったので、キャンパスのメイン通りを外れ、理学部の実験棟を過ぎると、一気に学生たちの姿も見えなくなっていた。

教会の尖塔《せんとう》はキャンパスのどこからでものぞめるが、野外の広い石階段を越えて教会へ抜けるあたりは緑の木立が続き、イギリスの散歩道を思わせる風景でなかなかに美しい。

まあ、それが毎日の通勤路となると、それはそれでおっくうでもあるのだが。

あまりに住居と大学の職場が近距離過ぎて、駐車場の場所を考えるとわざわざ車を使うほどでもなく、微妙に荷物の運搬などは面倒だ。

心地よい風を首筋に感じながら、可以が石段を下りようとした時だった。

視線を落とし、講義に必要な資料リストのメモを確認していた可以は、ふいに肌をざわつかせる不気味な気配を感じ、ハッと顔を上げた。

いつの間にか階段の下――目の前に、何匹もの犬が集まっていた。

種類はバラバラのようだが、どの犬も憑かれたようなぎらついた眼差しで低いうなり声を上げ、じっと可以をにらんでいる。

……野犬が……、こんなところに？

さすがに可以は顔色を変えた。

十匹くらいはいるだろうか。牙を剝《む》き出しにし、半開きの口からは唾液が溢れている。

とても尋常な様子ではない。

それこそ——魔物のような凶暴さを漂わせている。

明らかに、標的は自分のようだった。

——なぜだ…？

そんな疑問は浮かんだが、突き詰めて考えている余裕はない。

可以はふっ…と息を吸いこんだ。

これは手こずるかもしれないな…、と覚悟を決める。

狩人を辞した可以は、ふだん武器を身につけているわけではない。その上で敏捷性《びんしょう》に勝《まさ》る獣《けもの》——それも数匹を一度に相手にするのは相当にきつい。

のっそりと足を動かし、獣たちがフォーメーションを確認するみたいにそれぞれの位置を決める。

押し包むように階段の下に展開した犬たちが、それぞれの方向からじわりと迫ってくる。

空気がピン…と張りつめた。

おたがいに隙《すき》を狙うようににらみ合う。

——来る…！

感じた瞬間、仲間たちの中をすり抜けるように一匹が飛びかかってきた。

可以は反射的に手にしていた本を一冊、迫ってくる野犬の顔面にたたきつける。そして返した手でもう一冊を脇からつかむと、間髪入れずに逆サイドから襲ってきた獣の胴にぶちこみ、薙《な》ぎ払った。

キャン！　キャインッ！　と甲高い声を上げて、野犬たちが吹っ飛ぶ。が、それに躊躇《ちゅうちょ》することなく、正面の犬が可以に躍りかかった。

「――く……っ……！」

とっさによけて、石段の踊り場に転がる。

目標を失い、いったん足をついた獣が、しかし怒りに満ちた目ですぐに向き直った。

――まずい……。

片膝をつき、すぐに立ち上がれる体勢をとってはいたが、それでも犬と比べると遅れるはずだ。

冷たい汗が背筋を伝い落ちる。

無意識に服の裾《すそ》をつかんだ指が何か硬いものに触れ、ハッと思い出して、可以はポケットに手を突っこんだ。

ぐぉっ、と喉を鳴らし、頭上から飛びかかってきた獣の眉間《みけん》に、可以は指でつかんだものを鋭く弾き飛ばす。

ギャオッ…！　と空中で身をよじるように体勢を崩し、獣はそのまま石段へ落ちた。もがくように四肢をバタつかせる。

投げたのは、アンティークの銀のメダイだった。講義のあとで学生から祝別を頼まれ、預かったものだ。

この獣が銀を忌諱《きい》したのであれば、やはり魔物化しているのかもしれない。

誰かに……操られているのか。

その隙に立ち上がった可以だったが、しかし背中を見せて石段の上へ逃げれば、一気に嚙み殺されるだろう。

かといって、このままでは消耗するばかりだ。

……どうする？

さすがに焦りが胸を焼く。

階段を駆け上り、左手から飛びかかってきた獣に、半歩足を引いた可以はとっさに胸に下がっていたロザリオを引きちぎり、牽制するように振り下ろす。

低くうなり、獣はわずかにひるんだように後ずさった。

ふだん可以の身につけているのは銀ではなかったが、やはり十字架も得意ではないようだ。

それから二匹、三匹と、なんとか攻撃をかわしたが、だんだんと追い詰められるように可以はジリジリと踊り場を後退する。

――どうする……？

冷や汗がにじみ、獣たちを見据えた時だった。

頭上からいきなり、黒い影が弾丸のような勢いで可以の顔面につっこんでくる。

とっさに避けたが、硬い嘴《くちばし》が額をかすめ、鋭い痛みとともに生温かい血が流れ出す。

カラスだった。

野犬にばかり気をとられていたが、気がつくと真っ黒なカラスが何羽も上空を舞い、あたりの木に止まっていた。

不吉な鳴き声を上げながら、隙を狙うように可以を見つめている。

ずいぶんと手のこんだ攻撃だ。計画的でもある。

ハッと気がつくと、うなり声を上げた犬が大きく跳躍して可以に襲いかかり、寸前でかわした先にカラスが一羽、飛びこんできた。

――間に合わない…！

可以はとっさに片手で顔をかばった。

鋭い嘴が腕を貫くだろう、激痛の覚悟はあったが、しかし予期したタイミングになってもそれはこなかった。

とまどいつつそっと視線を上げると、どこからか飛びかかってきた大きな猫が目の前で空を切り、一羽のカラスをがっつりと口にくわえていた。

容赦なく喉笛を噛みきって地面に落とすと、さらに次へと狙いを定めている。

その様子に、あせったようにカラスたちがギャアギャアと騒ぎ始める。

さらに階段の下では、スータンに身を包んだ若い神父が野犬たちを相手にしていた。

手にしているのは可以と同じくロザリオだったが、どうやら彼の扱っているのは武器にもなる特殊なタイプだ。

スータンの裾を翻《ひるがえ》し、手にした鎖を一振りすると、スパッ…と鮮やかに野犬の足や胴が真っ二つに

なる。

知っている男だった。

桐生真凪《まな》という名の――狩人《シャスール》だ。怜悧《れいり》で、美しい横顔。

荒い息をつきながら可以が見つめる中、真凪は冷静に、そして的確に野犬たちを仕留めていった。

身体を切り離された獣たちは、パァッ…とけぶるような血しぶきを上げ、しかしその血は地面に落ちる前に溶けてなくなる。二つ、四つに分かれた獣の身体も同様だった。

灰のようにボロボロと崩れ、風に飛ばされていく。

おかげで少し余裕が生まれ、可以も自分に向かってきた獣の一匹は冷静に腹へ蹴りを入れて階段下にたたき落とすと、真凪が速やかに処理してくれた。

まもなく、戦場だった周辺はまるで何事もなかったかのように、いつもの穏やかさをとりもどしていた。

ハァ…、と可以もさすがに大きく肩で息をつく。

「ヒース！」

階段の下から、真凪が大きく声を上げて呼んだ。

すると石段の上の方でカラスを追いかけていた猫が、可以の脇をすり抜けるようにして真凪の方へもどっていく。

ああ、あれはヒースなのか…、と可以はうなずいた。

そちらとも面識はあった。

本来の姿であれば、おそらく可以よりも少し年上くらいに見える——吸血鬼だ。

とはいえ、実年齢は数百歳なのだろう。

正統の血を持つ、ランクでいえばもっとも純血に近く、力のある吸血鬼のはずだが、なぜか吸血鬼としては唯一、教会に服属している。

吸血鬼たちは、その生態としてコウモリに姿を変えることができた。そして能力が高ければ、他のどの動物にも変身できるようだった。

ヒースの猫姿を見たのは初めてだったが、ディディもコウモリにはなれるはずだ。

ただ可以が厳しく禁じていることもあって、ほとんど見たことはない。

ヒースはかつて、桐生神父のパートナーだった。可以を助けてくれた、桐生蔵人神父だ。

真凪は、その蔵人の甥にあたると聞いている。

どうやら、パートナーのヒースを真凪が引き継いだ形らしい。

「ご無沙汰《ぶさた》しております、椰島神父」

石段を上がってきた真凪が可以の前に立ち、丁寧に腰を折った。

「ひさしぶりだな、真凪。……ヒースも。その姿は初めてだが」

真凪についてきた猫が、足下で挨拶するみたいに、にゃー、と鳴く。

「失礼だろう、ヒース！　こんな姿でっ。さっさともとにもどれっ」

真凪が猫の首根っこをつかんで持ち上げ、目を三角にして叱りつけた。

『服がみゃーい』

しかし文字通りの猫なで声で言い訳したヒースに、チッ、と真凪が清純な容姿には似合わない柄の悪さで舌打ちすると、邪険に猫を放り出す。

「……失礼しました」

「いや。しかし、いいタイミングで来てくれたね。助かったよ」

礼を言った可以に、真凪が少し難しい顔をする。

「いえ、遅かったくらいですね。申し訳ありませんでした」

「……というところをみると、何かあったのか？」

可以もわずかに眉《まゆ》を寄せる。

「いろいろと」

意味ありげに可以を見上げ、短く答えた真凪に、可以はため息とともにうなずいた。

「そうか…。ともかく、教会へもどろうか。コーヒーくらいはご馳走《ちそう》できるから」

軽い調子で言って、途中、本とメダイを拾い上げると、連れだって視線の先に見えていた教会へと入っていった。

「十年前…、叔父が例の吸血鬼を封印して以来、他の吸血鬼たちはずいぶんとおとなしくなっていたようですが、このところ新しい動きが見え始めています」

リビングに落ち着くと、真凪が口を開いた。

そんなところだろう…、と淹《い》れたコーヒーを口に運びながら、可以はうなずく。

可以が、世界中から魔物の情報を集め、狩人《シャスール》たちを各地へ派遣する機関である「熾天使会《セラフィアム》」を離れて以来、そちら関係の情報はほとんど入らなくなっていた。

もちろんディディのことがあるので、今も監視は続けられているわけだが。

ちらっと可以は風間の顔を思い出す。

「そういえば、今、大学に監察官が来ているのだが、それとは関係ないのか？」

「監察官ですか？」

真凪がわずかに首をかしげる。

監察官は熾天使会と同様、他とはあまり接点を持たない——持つべきでもない——独立した部署だし、その個々のメンバーを真凪が知っているわけではないのだろう。

「関係はないと思いますが…。そういえば、ディディエももうすぐ二十歳ですし、またそろそろ監査を出すという話は聞いた気がしますね」

考えるように口にしてから、真凪がわずかに顔をしかめる。

「監察官が来ているのでしたら、少し慎重に動く必要があるかもしれませんね…。ディディエが巻きこまれると面倒ですし。別にこちらの仕事を邪魔するわけではないと思いますが」

そう。邪魔はしないかもしれないが、あとであれこれといちゃもんをつけられる可能性はある。

……まあ、いちゃもんだとこっちが理解するだけで、あちらとしては相当な理由があるのかもしれないが。

「すまない。話の腰を折ったな。……それで、その新しい動きというのは？」

気を取り直し、可以は話をうながした。

「ええ。その、叔父が封印した吸血鬼――ギルモアという名のようですが、数少ない正統の血を持つ…、まあ、あの男の一族のようでして」

ちらっと真凪があきれたような視線を投げたのは、テレビの前のソファで身体を伸ばしている大きな猫である。

ヒースは脳天気にアクションものの洋画を見ていた。興奮しているのか、わずかに上体を持ち上げ、太いしっぽがパタパタと揺れている。

「アレの従兄弟にあたる男のようですね。そのギルモアは世界中の吸血鬼を集め、ネットワークを作ろうとしていたようです」

真凪の説明に、可以はうなずいた。

「ああ。そのあたりは私も昔、桐生神父…、蔵人から聞いたことがある。秘密結社のような形で組織しようとしていたのだろう？」

「ええ」

真凪が厳しい顔でうなずいた。

うまいやり方だと思う。

入会資格があり、特別な存在だけを集める秘密結社。フリーメイスン、イルミナティ、クー・クラックス・クラン。薔薇十字団やスカル・アンド・ボーンズ。そんな類《たぐい》だ。

オカルト的でもあり、一般の人間にはなかばフィクションのような感覚もあり、その情報は虚実入り乱れて、何が真実かなど外からはわからない。

ことによれば、本当に存在しているのかどうかさえ。

まさしく吸血鬼たち魔物と同じようなもので、人の中に混じって生きる吸血鬼たちが同族のネットワークとして使うには最適だろう。

「ギルモアが封印され、その構想はついえたわけですが、すでに中心となる幹部会のようなものはできていたようで、……残党と言っていいのかもしれませんが、その連中がギルモアの復活を画策しているようなのです」

「復活……させられるのか？」

わずかに眉を寄せ、可以は聞き返した。

「叔父ができたのはかろうじて封印ですから…、連中はそのやり方を見つけたようですね。少なくとも、そう思っている」

「そんなことを……させるわけにはいかないな」

可以にとっても蔵人の存在は大きく、その死は衝撃だったのだ。

命をかけたその仕事を、無駄にすることなどできない。

低く息を詰めるように口にした可以に、はい、と真凪もうなずく。

「残った吸血鬼たちは、その復活のために今、手っ取り早く眷属を増やそうとしています。つまり、下僕《しもべ》として使えるように人間を襲う事例が増えているんです」

可以は低くうなった。

吸血鬼たちは時折人間を襲うこともあるが、しかし基本的には闇の存在であり、あからさまに正体をさらすようなことはしない。存在がはっきり認識されると、圧倒的に個体数が違う人間に駆逐されてしまうからだ。

「実は先日…、某国の政府要人に近づいていた吸血鬼を狩人が仕留めた事例《ケース》もありまして」

「それは恐いな…」

無意識に顎を撫で、ため息混じりに可以は言った。

ちょっと想像したくない状況だ。

仮に大国の大統領が吸血鬼の下僕となったら、どんな事態を招くか。

「ええ。ただ吸血鬼化した人間は、……椰島神父もご存じの通り、衝動を抑えきれずに自ら吸血行動に走る傾向が強い。ですので、たいていは熾天使会の方が把握して狩ることになります」

「そうだな…」

真凪のその言葉に、可以は指を組むようにして口元を隠し、知らず冷笑した。

可以自身が、その「吸血鬼に噛まれた人間」なのだ。ディディが幼児だったためめに、どうやらまだ力が弱く、すぐに吸血鬼化することはなかった。

だが、いつ発現するかもわからないのだ。

身につまされる状況だった。

そもそも可以がディディに身体を要求しているのは、その事情もある。

定期的なワクチンのような感じだろうか。ディディの唾液や体液や…、そんな毒を身体にあえて取りこんで、吸血鬼化しないように抑えこむ。

ディディの発情期は、可以の中で高まりつつあった熱が限界を迎えそうな時期とシンクロし、なんとか抑えこめているようだった。

それでも、いつ乗っ取られるかはわからない。

先例がない状態で、それを予測することも、あるいは完全な無力化を確認するすることも、不可能だった。

「つまり、吸血鬼化した人間の報告が世界中から寄せられて、今、狩人たちは世界中を飛びまわっている状態です。ですので、椰島神父、できればあなたにもご協力をお願いしたいのです」

居住まいを正し、まっすぐに可以を見て言った真凪に、可以は、やっぱりな…、とわずかに目を伏せた。

「私は…、狩人《シャスール》をやめた人間だよ。今さら手伝えることはないだろう。腕も落ちた」

淡々と可以は返す。

正直なところ、いつ吸血鬼化するかわからない状態なのだ。

蔵人がいた頃は、まだ自分で歯止めがかけられる、と――そうでなくとも、蔵人が止めてくれる、という期待があった。

だが、その安全弁も今はない。

自分がどこかの段階で、何かの拍子で発現したとしたら、仲間の狩人《シャスール》に狩られるのだ。向こうにとっても、後味は悪いだろう。

「腕が落ちたようには見えませんでしたが」

静かな、まっすぐな真凪の声に、可以は絞り出すように言った。

「私に狩人にもどる資格はない。君も知っていると思うが？」

身体の中の吸血鬼の血をどうにかしない限り。

その言葉に、ハッと真凪が息を呑む。そして膝の上で組んだ指をきつく握りしめた。

彼にしてはめずらしく、視線が落ちつきなく漂う。

「それは…、それはむしろ私の方が――」

固い声で真凪が何か言いかけた時。

『みゃう～んっ』

と、どこか気の抜けるようなヒースの声がテレビの方から聞こえ、ソファの上で大股をかっ開いたおっさんみたいな格好で、カカカカカッ、と腹を掻いているのが見えた。

そろってその……正統吸血鬼であるはずの、ひどく情けない姿をしばし見つめ、ハァ…、と真凪が肩で大きく息をついた。

「……すみません。本当に…、その、行儀が悪くて」

まるで飼い主みたいに、真凪がどこか恥ずかしそうにあやまった。

それ以前の問題な気もするが、いや、と可以もちょっと咳払いする。

いずれにしても――、と真凪が気を取り直すように、いくぶん厳しい表情で可以に向き直った。

「無関係ではいられませんよ。あなたは墓守なのですから」

その言葉がまっすぐに心臓を貫いてくる。

「……そうだな」

一瞬、目を閉じて、可以は静かに答えた。

「さっきの野犬たちも…、あなたが標的であれば、邪魔な墓守を先に排除しようとしたのかもしれません。つまり、すでにこの場所だと知られていることになる」

真凪の指摘に、可以も重くうなずく。

その通りだった。

彼らの、現段階での最大の目的がギルモアの復活であれば、間違いなくここに来る。

ちらっと、おたがいの心中を探るように真凪と視線が交わった。

「しばらく…、こちらに滞在していかれるかな？」
可以は静かに尋ねた——。

◇　　　◇

「——あれ？　ヒース？」

昨日、ディディにとってはごくごく普通の平日で、いつも通りに授業を終えて帰ってきたら、めずらしい客が来ていた。

桐生真凪という、若くて美人な神父さんだ。

ディディは初めて会ったのだが、叔父だという桐生神父のことは知っていた。昔、何度か会ったこともある。

しかしその当時、ディディにとっては、むしろその桐生神父のパートナーだったヒースの方に関心が大きかった。

なにしろディディにしてみれば、初めて会った吸血鬼——同族だったのだ。

両親以外、というべきだろうが、その両親のこともほとんど記憶にないため、やっぱり聞きたいことはいっぱいあった。自分自身についてさえ、知らないことが多かったのだ。

しかもヒースは、正統——と呼ばれる血統らしい。

ディディの父親がB2クラスだったらしく、母親はB3くらいではないか、と推測されていて、ディディ自身はその間というわけだ。

これは血統的な能力——力の分類であり、もちろん個人差はある。環境によって力は伸ばすことも、抑えることも可能らしい。

ディディはこれまでかなり抑えられてきたはずで、しかしそのことに不満はない。

吸血鬼に生まれたかったわけではなく、そんな力など必要なく——ずっと、可以のそばにいたかったから。

他の吸血鬼がどんな感じなのか、ディディにはわからなかったが、ヒースは多分、吸血鬼としては変わり者らしい。なにしろ、吸血鬼のくせに？　狩人《シャスール》のパートナーとなって、同族を狩る手伝いをしている。

一族からしてみれば、最大の恥知らずで、裏切り者なのだろう。

……ディディには、その一族の感覚がないから、へー、というくらいにしか思わないのだけど。

むしろディディは、吸血鬼でもヒースに近い側なんだろうと思う。

小さい頃から人間に育てられた吸血鬼なのだ。

でも多分、可以が拾ってくれなかったら——小さい頃にいたあのひどい施設で、いじめられてずっと育っていたら、今頃すごい人間を恨んでて、めちゃくちゃ人間に復讐してるような吸血鬼になってたのかもなぁ…、と思う。

それで、桐生神父とか、可以とかに狩られてたのかもしれない。

多分、ほんのちょっとした出会いで人生は変わるのだ。吸血鬼生（？）も。

ともあれ、ヒースはディディにとっては吸血鬼側の大先輩であり（なにしろ、何百歳らしいし）、先生でもある。悩みとか愚痴《ぐち》とか、聞いてもらえるのもありがたい。

桐生神父が亡くなって、ヒースは今は真凪のパートナーになったようだ。

何かこのあたりに用があり、しばらく滞在すると聞いていた。

大学から帰ってきたディディは、そのへんにいると思うよ、と真凪にむっつりと教えられ、ヒースを探しにきたわけだが。

「えっ、猫なの？」

聖堂の一番前のベンチに身体を伸ばし、ゆうゆうと寝そべっている猫を見つけて、ディディは思わず声を上げていた。

その隣……というか、頭の先に腰を下ろしたディディは、ハァ…、とため息をつく。

「また真凪さんに怒られた？」

どうりで、真凪の機嫌が悪かったわけだ。

何かやらかして——たいていはつまらないイタズラとか、失言とかからしいが——真凪に怒られた時、ヒースはたいてい猫になって逃げている。

猫だと、真凪があまり強く叱れないからだ。ずる賢い。

あきれたように言ったディディを、猫がちろっと不服そうに見上げ、のそのそと身体を持ち上げて、ぼてん、とディディの膝に体重をのせてくる。

「ちょっと重いっすよ、ヒース兄さん」

やわらかい耳を引っ張りながら文句をつけたが、特に引き剝がすこともなく、ディディは耳の間や首筋を優しく撫でてやる。

ふわふわの毛並みはやっぱり気持ちよく、……本体があんなおっさんだとわかってはいても、この姿だと可愛いと思う。

真凪もほだされてしまうのだろう。無理もない。

「いいなぁ…、ヒースは猫になれて。俺も猫だったら可以に可愛がってもらえるかも」

膝にすわり直したヒースを眺め、思わずそんな思いが口からこぼれた。

なにしろディディは、コウモリにしかなれないのだ。よっぽどのマニア？　でなければ、コウモリが可愛い、という人はいないだろう。

コウモリになれるのは、はじめから吸血鬼の身に備わった能力らしい。

ディディは八歳くらいの時、初めてコウモリになった。けつまずいて、二階から転げ落ちそうになった拍子だった。それからは自分の意思で姿を変えることができる。

しかし他の動物になるには、技術と力とコツがいるらしい。なれる動物は、人によって得意不得意もあるようだが、小さい頃に親からそのあたりは教わるようだ。

その親がいなかったせいもあって、ディディはコウモリ以外にはなれないのだが、まあ、どのみち、人間離れした「変身」は可以に禁止されていた。

ディディとしては、しっかりと人間のふりで暮らさなければならない。昔からそれはきつく言い聞かせられていた。

うっかりまわりにバレると、もう可以と一緒に暮らせないのだ。それだけは嫌だった。

『十分、可愛がってもらってるんじゃないのか？』

ディディの愚痴に、それこそチェシャ猫みたいに、にたり、とヒースが笑う。

『おまえら、やることはやってんだろーがよー。生意気なっ』

やっぱり中身はおっさんだ。

「だからっ。そういうんじゃなくてっ」

ちょっと赤くなって、ディディはヒースのしっぽをつかんでパタパタと振りまわす。

ヒースは、可以とディディとの関係を知っていた。つまり、血をもらったり、代わりに……いわゆる身体の関係があることを。

……いや、あれを一般的な「身体の関係」と言っていいのかわからないけど。

ちょっと恥ずかしいことでも、やっぱり特殊事情があるので、ディディにはヒースしか相談する相手はいない。他のことならともかく、可以についてのことだと、可以に言うわけにもいかない。なので、「結局、俺、カラダだけの性欲処理にされてんのかなぁ…」とかいう、いささかただれた相談などもしていた。

今でも可以から血をもらっていることについても、「どうなのかなー？」とヒースに聞いたことがある。

ヒース自身は、特に定期的に新鮮な血を補充しなくても大丈夫らしいのだ。

ディディとしては、それは乳離れしていない、みたいなことなんじゃないのか、とか、可以にとって、かなり身体の負担になることなんじゃないのか、といった不安があった。

——別にいいんじゃねぇか？　問題なく、定期的にもらえるモンならもらっとけば。体調、よくなるぜー。

とか、ヒースは気楽に答えていたが。

ヒースによると、やっぱり幼いうちは必須の栄養源として血が必要だが、徐々に他の物で代用できるようになるらしい。

「トマトジュースとか？」

と、思わずディディが聞くと、まぁな、と苦笑していたけど。

赤いものは案外、いいらしい。視覚効果だろうか。

なかったらないなりにどうにか栄養素を作り出すが、やっぱり吸血鬼にとって、血は万能薬で完全栄養食みたいなものらしい。もちろん、精神的な満足を得られる嗜好品でもある。

そしてやっぱり、一番は気持ち的な安定だろうか。

『そういうんじゃなけりゃ、どういうことだよ？』

ディディの文句に、やっぱりにやにやとヒースが聞き返した。

「だからさぁ…。その、身体…じゃなくて、気持ち的に……」

『結局、おまえは可以とどうなりたいの？』

おずおずと口にしたディディに、前足で顎の下を掻きながら、ヒースが無造作に聞く。

えっ？　とディディは素っ頓狂《とんきょう》な声を上げていた。

思わず持っていたしっぽをぎゅーっ、と強く握ってしまい、「ギャーッ！」とヒースが毛を逆立てる。

「あっ、ごめんっ」

あわててディディは手を離した。

『気をつけろよー、か弱いカラダなんだからよー』

ヒースがしっぽを折り畳むように後ろ足の間にしまいながら、ぶつぶつとうめく。

そしてため息混じりに言った。

『ずっと一緒にいられんだから、問題ないと思うけどなー？』

「えーと…、今でも幸せなんだけど。でも、可以も俺のこと、好きだといいんだけどなぁ…、って思うんだよね」

　そこまで望むのは、やっぱり贅沢なのかな…、とは思うけど。

「可以はさ…、教会の役目で俺の面倒、見てくれてるんだよね？　ホントはそれって、やりたくない仕事なんだよね…？」

　ちょっとうかがうように尋ねてみる。

『教会のことは俺にはわからんけどなー』

　ヒースが苦笑した。

『別にやりたくない仕事を進んで引き受けるほど、可以は犠牲的精神が豊富な男とは思えんぞ？　神父のくせにキツいし、優しくないし、奉仕精神ないし。まぁ、真凪もキツいし、口、悪いけどなー』

「可以はっ、優しいよっ」

　ちょっとムッとして噛みつくように言ったディディに、ヒースが低く笑った。

『おまえがそれをわかってれば十分だろ？　ま、今以上に可以に可愛がってもらいたいんなら……、あー、まぁ、カラダに磨きをかけるしかないんじゃね？』

「み、磨きっ？」

　からかうように言われ、ディディは思わず目を見張った。耳まで熱くなる。

「ど、どうやって…？」

　でもやっぱりちょっと、興味……というか、気になる。

『……ブラッシング？』

「猫じゃないんだよっ」

しかしとぼけたような言葉に、真凪は噛みついた。

『やっぱ、色気だろ？　色気、つけろよ、おまえ。女豹《めひょう》のポーズ、教えてやろうか？　こう…、腰、上げるヤツ。んで、挑発的にベッドに誘ってみれば？』

ヒースがのっそりと身体を持ち上げ、前足を突っ張らせて腰を高く突き上げてみせる。

「……それ、真凪さんの前でやったりしてるの？」

思わず白い目で聞いてやると、う…、とうめいて、のそのそともとのように長く伸びる。

きっと、そんなことばっかりやっているから怒られるのだ。

相談するのもバカバカしくなったディディは、ふと思い出して話題を変えた。

「そういえば、可以、昨日ケガしてたよね？　どうしたのか、知ってる？」

考えてみれば、可以がまともにケガをしたところなど見たのは初めてで、ちょっとびっくりしたのだ。

しかし何となく本人に聞くと怒られそうで、聞けないままだった。

『あぁ…』

ヒースがちょっと言いにくそうにうなって視線を逸らす。

「何だよ？　教えてよ」

さらに気になり、ディディは猫のヒゲを軽く引っ張る。

べしっ、とその手が猫パンチされて、やれやれ、というみたいに、それでもヒースが向き直った。

『俺たちがここに来た理由、可以に聞いたか？』

「え？　……ううん。具体的には。何か用があったんだよね？」

答えながら、その用が問題なんだよな、と思う。

『今、吸血鬼が物騒な動きをしてな…。知ってるだろう？　桐生神父…、真凪じゃなくて、クラトの方。あ、クロードか』

カッカッ、と顎の下を掻きながら、ヒースが口を開いた。

「物騒な動き…？」

どことなく嫌な予感に胸がざわつく。そしてハッと気づいた。

「えっ、じゃあ、可以は吸血鬼に襲われたのっ？　それであんなケガしたのっ？　どうしてっ!?」

もしかして、自分のことで何か…？　と思ってしまう。

一瞬、心臓が冷えた。

『あのケガは、おそらく吸血鬼に操られてた野犬とカラスに襲われたんだけどな…』

耳のあたりを掻きながら軽く修正して、ヒースは続けた。

『そもそもは十年前だ。蔵人がギルモアって吸血鬼と戦って、かろうじて封じこめた。……すげぇ強いヤツでな…。もともとの力もあったし、数百年かけてさらにその力を伸ばした。各地に散らばった吸血鬼たちを結集させ、万全の体制で世界を…、人間の世界を覆そうとしてたんだよ』

「人間の、世界を…？」

ディディは思わず目を見張り、かすれた声でつぶやいた。

『実際、どんなやり方を考えていたのかはわからない。ただ、世界中の吸血鬼たちで秘密結社を作る動きはあったたな。そうして組織的、計画的に会員の吸血鬼たちを人間社会に紛れこませ、各界で発言力を持って影から牛耳ろうとしていたのか、あるいは……そうやって影から支配しながら徐々に吸血鬼の数を増やし、最終的にはすべての人間を下僕化、家畜化するつもりだったのか。まあ、吸血鬼なら時間はいくらでもある。百年単位の長期計画が立てられるからな』

あえて、なのか、さらりと言われたが、話が大きすぎて想像が追いつかない。ただぶわっと鳥肌が立って、ディディは知らず両腕を押さえていた。

「ヒースも…、誘われたの…？」

それでもかすれた声で尋ねた。

『いや。というか、その時には俺はもう、連中にとっては裏切り者だったからな…』

ヒースが——猫が、だが——顎を出すようにして低く笑う。

『ただあいつは…、昔からよくそういう夢を語ってたよ。頭がよくて、大胆で……残忍なヤツだった。数百年後の地獄絵図が見えるようだったな』

ふっ…、とヒースが息を吸いこんだ。

『だから先に、俺は抜けたかったのかもしれない。一緒にいれば、間違いなく引きずられてた』

「ヒース…」

猫を見つめたまま、呆然とディディはつぶやいた。

『別に俺は人間に肩入れするつもりはなかったし、吸血鬼だからどうってこともない。ただ、やっちゃいけないことはあると思ってる。あいつはその線を越えてたよ』

ピクピクとヒゲを震わせ、ふぅ…、とヒースが息を吐いた。

知らなかった。ヒースがそんな思いで一人、他の吸血鬼たちと袂《たもと》を分かっていたなんて。

無意識にぎゅっと指を握りしめる。

『ギルモアが本格的に動き始めた時、ヤツのことをクラトに教えたのは俺だ。多分…、あの時にやつを始末しておかなければすべてが手遅れになっていた。もちろん、クラトだけでどうにかできる相手じゃない。俺だけでも無理だっただろう。だから二人がかりだったが、結局……、クラトの命と引き替えになった』

「あ……」

猫、だったけど、ヒースの表情が見えた気がした。胸が潰れそうに締めつけられる。

クラト——というのは、ヒースの蔵人神父の呼び方なのだろう。

ふっと、ヒースが頭を持ち上げてディディの顔を見る。そして言った。

『十年前、俺たちが戦ったのがこの教会だった。ここにギルモアが封じられている。クラトの命と一緒にな』

「えっ」

高い声を上げ、思わずディディは聖堂の床を見つめてしまった。

『十年前の補修工事は、その痕跡《こんせき》を消すためだ』

――この、下に……？

『残った仲間の吸血鬼たちは、ずっとそのギルモアが封印された場所を探していたんだが、どうやら気づかれたらしくてな。復活させることを企んでいる。やっぱりギルモアの力は他の吸血鬼とは桁違いだし、まぁ、人類に対抗しようと思えば必要なんだろう』

「えっ、じゃあ、可以がケガしたのって、その吸血鬼たちに襲われたの⁉」

ようやく話がつながって、ディディは声を上げた。

『そうだ。復活させるにはいろいろと複雑な手順があるが、何にしても上に居座っている可以は邪魔だからな』

「そんな…」

知らずディディは唇を震わせた。

じゃあ、その吸血鬼たちは可以を殺しにきてる…？

ゾッと背筋が冷えた。

『あきらめの悪い連中だよ』

吐き出すようにヒースが言った。

「ど、どうすればいいのっ？」

思わずディディは、ヒースの首根っこをつかんで揺さぶる。

ぐぇっ、と苦しげな声を上げたヒースに気づき、あわてて両手を離す。

「ご、ごめんっ。でも、どうしたら…？」

うろたえて尋ねたディディに、ヒースはあっさりと言った。

『どうもこうも。ともかく、その復活をさせようと狙ってる連中を撃退するしかないんだろうな…。ていうか、復活なんぞ、させるわけにはいかねぇから』

つまり、その連中を見つけ出して、先にたたくしかない、ということだ。

でなければ、いつまでも可以が命を狙われることになる。その連中があきらめない限り。そして、そう簡単にあきらめそうにもない。

「俺…、どうしたら……？」

何が――自分にできるんだろう？

『おまえがどうにかできるもんでもないだろ』

おろおろするディディに、ヒースが冷たく言い放つ。

「俺もっ！　ヒースみたいに戦うよっ」

『やめとけ。おまえの力じゃ無理だ』

「でも…」

ディディは膝についた手をギュッと握りしめる。唇を嚙み、泣きそうになるのをこらえた。

何もできないなんて。可以が殺されそうになってるのに？

悔しさと情けなさが襲ってくる。

あ…、とディディは思い出した。

では、もしかして地下室にあった小さな祭壇は……桐生神父へ祈りを捧げるためだろうか？

魔物に関して、教会《エクレシア》はその存在自体、一般に公表していないから、神父の功績が公にたたえられることはない。が、どう考えても殉教であり、列聖されてもいいくらいなのだ。

あの壁の奥に、神父が眠っているのだろうか？

今も、邪悪な吸血鬼を封印したまま。

そんな大事な場所に、気軽に友達とか入れるんじゃなかった…、と後悔する。

もし…、あの中の誰かが吸血鬼だったりしたら、きっと場所を特定されたのだろう。

まさか、とは思うし、そんな気配はまったく感じなかったけど。

……でもそういえば、名倉がずいぶんとあの祭壇に興味を持っていたことを思い出す。

純粋に神学生だからかとも思ったけど……。

いや、でも名倉は――吸血鬼のはずはなかった。

可以がしっかりと確かめていたのだ。

しかしディディは、あの時の様子が妙に気になって落ち着かなかった——。

◇　◇

翌日の午後、可以は図書館へ赴《おもむ》いていた。

あまり足を運びたい場所ではなかったが——というより、これまではむしろ好んで通っていたのだが、先日来、少しばかり敬遠するようになっていた。

もちろん新しい司書のせいだが、仕事柄、そう言ってもいられない。大学で講義を持っている以上、必要な資料はあった。

まあ、助手や学生を使ってもいいのだろうが、やはり本などは自分で確認したいところはある。

昨日来たばかりで、早くもまた、と思うと少々うんざりするのだが、仕方がなかった。

その借りた本を破損してしまったわけだから。

不可抗力だったとしても、可以が借りた以上、責任はある。

「おや…、これは椰島神父」

カウンター内で作業をしていた風間が、めざとく可以を見つけて朗らかに声をかけてきた。

きっちりとしたスーツ姿で、どちらかといえば地味な装いだったが、やはり目立つ男だ。

風間がここで勤め始めてから、蔵書の貸出件数が一気に三割ほど増したという。ほとんどが女子学生のようだが、今もカウンターの前では風間にレファレンスを頼めるタイミングをはかるみたいに、ちらちらとこちらを眺めている学生が何人もいた。

横からかっさらった形の可以は、背中に恨みがましい視線を感じる。

可以としては、むしろ他の司書で用をすませたかったのだが…、仕方がない。

「昨日の本では足りませんでしたか？」

さすがにまわりには他の人間もいるので、何気ない、司書の口調だ。

「いえ、それが…。申し訳ありません。実はその本をちょっと傷めてしまいまして」

穏やかに聞かれ、低姿勢に可以は持っていた本をカウンターにのせる。

「どうされたんです？」

確認するように、上の一冊を手にとった風間が、わずかに眉をひそめた。

「これは…、ちょっとひどいですね。角も潰れているし、表紙もとれかけている。……何があったんですか？」

とりあえず、可以も目についた汚れは落としてきたのだが、剝がれかけた表紙や角はちょっと直しようがない。

「うっかり外の階段で落としてしまって。買い直しが必要なようでしたらお知らせいただけますか？

弁償させてもらいますので」

あえて事務的な調子で、可以は言った。

魔犬たちのことは、特に報告するつもりはなかった。その義務もない。教会本部《エクレシア》の人間とはいえ、管轄も違うし、ヘタに口にしてつっこまれると面倒だ。

吸血鬼たちの動きによっては、――いや、仲間が欲しい吸血鬼としては、どうにかしてディディを巻きこみたいところだろう。

そしてディディがうかつにそれに乗ったが最後、風間たちに「処分」のいい口実を与えることになる。

慎重に動く必要があった。

「弁償の必要はないと思いますが…。多分、補修できるでしょう。しかし、めずらしいですね。いつも慎重な椰島神父がそんなミスをされるとは」

にっこりとさわやかな微笑みだったが、裏があるように見えてしまうのは、やはりこちらに偏見があるせいだろうか。

何か知っていて、あえて言っているのではないか…？

と、深読みしたくなる。

「私もまだまだ修練が足りません」

それでも片手で胸の十字架《クルス》を握り、澄まして可以は答えた。

いずれにしても、この男の目をかすめて吸血鬼たちと渡り合わなければならないとしたら、ちょっとやっかいだった。

やはり教会《エクレシア》としては、ディディが今さら一族の方へ寝返るのが一番恐いのだろう。面目を潰されることになる。

可以としても、もちろん責任問題になるが、ただそれについては、なかば考えることを放棄していた。

ディディが自分から離れ、仲間のところをもどりたいと言い出したとすれば――その時点で、可以はディディに「処分」の決断を下さなければならない。

何をどう考えたとしても、結論など出ることではなかった。

怒っても、悲しんでも、苦しんでも、もうどうにもならない。

ただ、やらなければならないのだ。

それが使命であり、責任だった。

風間がパラパラ…、と軽く中を確認するようにページをめくる。

と、瞬間――ぶわっ、と何かわからないが、可以の全身が鳥肌立った。

無意識の身体の反応に、何だ…？　と、自分でも驚く。

気がつくと、風間の表情がほんの一瞬、変わっていた。

無になった、というのか、冷たくなった、というのか。

「……何か？」

無意識にうかがうような声がこぼれる。

「あ…、いえ。ここに……血の痕が残っていますね」

わずかに可以を上目遣いにし、いくぶん息を殺すようにして風間が指摘した。

本の途中。何ページ分か、確かに黒ずんだ、染みのようなものがついている。

「ああ…、すみません。やはり弁償させてもらいます」

野犬の血、か、もしくは自分の傷口から、いつの間にかこすれてしまったのか。中もしっかりと確認するべきだった。

あわてて謝罪した可以に、風間が首を振った。

「丁寧に落とせば、きっと大丈夫ですよ」

「お手数をおかけします」

ぱたん…、と手元で本を閉じた風間が、じっと可以を見つめてきた。

「そういえば彼らにとって…、神父の血はことさら甘いという話ですが、本当でしょうか？　一度飲むと癖になるみたいですね」

世間話のようでもあるが、ひどくセンスが悪い。

彼ら、というのは、もちろん吸血鬼だろう。

「さあ、どうでしょうね」

素っ気なく答えた可以に、風間が唇の端で笑ってみせる。

「ディディエ君ならわかるのかな？」

可以はムッとして、思わず男をにらんだ。

「監査の人間が、そんなふうに直接対象に接するのは問題ではありませんか？」

名倉のような第三者を使って間接的に接触するのでさえ、正直、どうかと思うくらいだ。

「そうですね…。気をつけましょう」

風間が片手を上げ、澄ました顔で微笑んだ。

失礼します、とだけ、事務的に返し、可以は図書館をあとにする。

やはり、どこかに癇《かん》に障る男だと思った。

それにしても、さっきの感覚は何だったのだろう…？

一瞬、身体を襲った寒気、というか、不安というのか。

ふと、可以の中に違和感が残った。

◇

◇

「あっ、ディディ、おはよー」

この日、カフェの一角でお茶がてらレポートらしきものをまとめていた名倉が、何気ない様子で近づいたディディにいつものように明るく挨拶してきた。

「ドイツ語の予習？」

隣のイスに腰を下ろし、ちらっと名倉の手元のノートを見て、ディディも会話の糸口を探す。

「大変だよー、ほんと」

大げさに天を仰いで声を上げ、そしてふと思い出したように名倉が尋ねてきた。

「そういえば、今、教会に新しい神父さん、来てるよね？　きれいな人」

「あ、うん。お客様」

ぎこちなくディディはうなずいた。

真凪のことだろう。どうやらヒースについては（たいてい猫姿なので）認識されていないようだったが。

「あの神父さんもミサとかするのかな？　一度、行ってみようかなぁ」

興味深げにつぶやく名倉は、ふだんと変わらない様子だった。

……もちろん、そうだ。見方が変わったのはこっらの方だ。

平気で銀にも触れていたし、名倉が吸血鬼だとは思えないが、でももしかすると……人間だったとしても、その仲間だということはあるだろうか？

そんな可能性を考えてしまった。

ディディだって、ヒースだって、そうだ。

考えてみれば、吸血鬼だけど人間の側にいる。

だとすれば、人間が吸血鬼に協力することもあるだろう。どうしてだかわからないけど。

確認するには、どう話を持って行けばいい…？

頭の中で一生懸命に考えてみるが、うまい会話が浮かばない。どう聞いても、妙に不自然になりそうで。

こんなふうに誰かを探るようなことは苦手だった。

そんなディディを、名倉の方がちょっとのぞきこむようにして尋ねてくる。

「元気ないね。椰島神父と何かあった？」

「え？　んー…」

曖昧《あいまい》に視線を逸らせながら、ふと以前、ディディが可以に「便利に使われてる」と名倉が言っていたことを思い出した。

どうしてディディは、可以の言うことをそんなに素直に聞いてるのか、と。

正直、意味がわからなかったが、……思い切って乗ってみることにした。

かなり危ういバランスで、踏み外さないように行けるかは不安だったけれど。

「ちょっとね…。俺さ…、もしかして可以に利用されてるだけなのかなぁ…」

視線を落とし、口の中でそんなことをもごもごとつぶやいてみる。

「どういうこと？」

名倉が書きかけのノートを手早く閉じて、わずかに身を乗り出した。真剣な面持ちで尋ねてくる。

「俺…、俺ね……。その、みんなには言えない秘密があって。可以だけはそれ、知ってるんだけど」

適当な創作がパッと思いつかず、虚実織り交ぜる感じになる。多分、そうでなければ、あからさまな嘘はきっとすぐにバレてしまう。

「秘密…、って…？」

名倉がわずかに息を詰めて、ディディをじっと見た。

ディディは乾いた唇をなめ、なんとか言葉を押し出す。

「可以は俺のこと、育ててくれたし、すごく感謝してるし…、だから家のこと、やるのとかは全然いいんだけど。でも多分、可以は俺のこと……都合よく使える家政婦みたいに思ってるだけかも、って…、ちょっと思っちゃって」

名倉の反応を見るための言葉だったのだが、自分で口にしていると、本当にそんな気がしてきて、ちょっと落ちこみそうになる。

可以と……その、セックスするのはいいんだけど。

でも可以にとっては手頃なオナペ……、つまり、そういう感じなんじゃないのか、と。

ゆうべ、ヒースにも愚痴ったようなことだ。いいリハーサルになっていたのかもしれない。

「つまり、ディディは椰島神父に何か秘密を握られてるってこと？」

うかがうように名倉が聞いてくる。

うーん、とディディは曖昧にうなった。

どうしよう、と迷ったが、思い切って口を開く。

「俺がさ…、もし本当に吸血鬼だったら、どう思う？」

「え？」

ディディから言い出した言葉に、名倉はちょっと目を丸くして、……しかし、笑い出すようなことはなかった。

そっと息を吸いこんでから、ふわりと微笑む。

「それは…、うらやましいよ」

静かに、まっすぐに目を見て言われて、えっ？　とディディは声を上げてしまった。

まったくわからない感覚だ。そんな、わざわざ魔物になりたいなんて。

「う、うらやましい？」

「うん。すごく憧れてるんだよね…。どうして僕、吸血鬼じゃないんだろう、って」

どこかうっとりと言われ、内心でディディはあせってしまう。

そっちの方向へ話が行くとは思っていなかった。

「どうして…？　そんなの、生きづらいよ？　あの、生きづらいと思うよっ？」

思わず力説してしまう。

「僕ね、ほら、名前に月が二つ、入ってるよね。そのせいか、昔から月にすごく惹かれるところがあって。満月とか、ずっと見てられるんだよね」

名倉の名前は、確か……朋春、だったか。

確かに二つ、入ってはいるけど。

「永遠の若さとか…、そういうのはあんまり興味ないんだけど。でも吸血鬼って、すごく魅力的な人が多いんだよね。生まれ持ってる華やかさっていうのかな？　そういう自分の魅力をちゃんと使えてる、っていうのか…。ほら、ディディだってすごく人気者だし」

いくぶん熱く語る名倉に、マジか…、とディディは思った。

――もしかすると、いわゆる吸血鬼フリーク…、みたいな？

そっちのタイプなのだろうか？　本物の吸血鬼とは関係ない？

ちょっと拍子抜けた感じだった。

やっぱり単なる考えすぎだったのか…、と。

「まあ…、でも、吸血鬼なんて実際にはいないしね」

ハハハ…、とちょっと引きつった笑みで、ディディはあわててフォローに走る。

ここでヘタに思いこまれて――いや、それが真実だったとしても――うかつな騒ぎになったりするとまずかった。

信じる人間はまずいなかったとしても、まわりに知れたらディディには命取りだ。

そんなディディを微笑むように眺め、名倉は静かに諭《さと》すみたいに言った。

「ディディがそれを言ったらダメなんじゃないかな？」

真顔だった。

その眼差しに、ザッ…、とディディは総毛立つような気がした。

知ってる…？　確信しているようにも見える。

迷いもなく、まったくそのことを疑ってもいない。

多分、初めから、だったのだ。

でも、どうして――？

単なる思いこみの強さが、たまたま当たってしまったということなのだろうか⁉

強ばった笑みのまま凍りついたディディにかまわず、名倉は続けた。

「ディディは神父様が好きなんだね…。でもそれだけ毎日一緒に暮らしていたら、神父様の心を自由にできててもいいと思うんだけどな」

「や…、だから、俺、吸血鬼じゃないし…っ」

真剣に考えこんだ名倉に、ディディは立ち上がる勢いであわてて否定するが、すでに耳に届いていないようだ。

「ディディは…、ひょっとして他の吸血鬼を知らないいんじゃない？　ずっと椰島神父にガードされてたんだよね」

顎に手をやって、いくぶん難しい顔で名倉が考えこむ。

「他の…、吸血鬼……？」

その言葉に、ディディはハッとした。

「え、他の吸血鬼って…！」

思わず声を上げたディディだったが、その自分の声にあせって、あわててイスにすわり直す。

呼吸を静め、そっと名倉に確認した。

「他の、吸血鬼を……まさか、知ってるの……？」

声を潜めて、瞬きもできないままに尋ねたディディに、名倉がにっこりと笑った。

「もちろん、知ってるよ。ディディが吸血鬼だってことも、その人から教えてもらったんだし」

さらりと言われて、息が止まりそうになった。

「だ…、誰…っ？」

無意識につかみかかるような勢いで尋ねてしまう。

もしかすると、その男が可以を襲った――ということだろうか？　少なくとも、野犬やカラスを可以にけしかけた…？

「それは僕からは言えない。……わかるよね？　ディディだって、今まで誰にも言えなかったことなんだし」

くすくす…と、どこか楽しげに名倉が喉で笑う。

ディディは思わず唾を飲みこんだ。

それはわかる――が、この状況では、ディディはなかば白状したのと同じことになる。

これが名倉の……すべて、頭の中の妄想か何かだったら、ディディはアウトだった。

まわりの人間に正体がバレた、とみなされ、処分、される。

いや、もうどう転んでも、なのだろうか？

ぶるっと知らず、身体が震える。

可以……可以の責任に、なるんだろうか……？

「ね、ディディ。今夜、出てこられないかな？」

内緒話をするみたいに身を寄せて、名倉がこっそりと言った。

「今夜…？」

いくぶん不安な面持ちで、ディディは聞き返す。

すでに名倉の言っていることのどこまでが本当なのかもわからない。

「集会があるんだ」

「集会…？」

主導権は、ほとんど名倉にあった。ディディはただ、その言葉を繰り返すばかりだ。

「吸血鬼、の…？」

それでもようやく聞き返す。

「そう。僕も初めて連れていってもらえるはずだよ。……もし、ディディが来てくれるのなら」

「俺…？」

わくわくと期待いっぱいの眼差しで見つめられ、しかしどういう意味なのかわからない。

結局、名倉は人間なのか、吸血鬼なのか？

「ディディは…、椰島神父と暮らして、もう長いんだよね？　小さい頃からずっと」

「う、うん…」

「だったらもしかして、神父に何か精神的にリミッターみたいなの、かけられてるのかもしれないね。吸血鬼として目覚めないように？」

「リミッター…？」

そんなものがかけられているのだろうか？

まったく自覚はなかったけれど。

「解放してもらえるよ。きっと、他の吸血鬼と会えば。すごく力の強い人もいるから」

力のある、吸血鬼――？

その言葉に、ドクッ…と心臓が大きく鳴る。

その男が可以を襲い、例の…、封印されている吸血鬼を復活させようとしているのだろうか？

「そうしたらディディはもっと魅力的になるし、みんなディディに夢中になる。きっと、椰島神父もね」

「か、可以も…？」

ディディは思わず目を見開いた。

きゅっ、とつかまれるように胸の奥が痛くなる。

「うん。ディディが吸血鬼としてちゃんと全部の力を解放できたら、普通の人間は誰も逆らえないよ。ディディの望み通りに、自由に動かすことができる。心も身体も…、全部、ディディのものにできるから」

誘いこむような、魅惑的な言葉だった。

全部、自分のモノに……？

「ね、今夜、来られる？」

確認され、ディディはそっと息を吸いこんだ。

「——わかった。行くよ」

ここまで来れば、もう進むしかなかった。


多分、夕食の時の様子がおかしかったのだろう。

平静なつもりではいたが、本当のところ、落ち着きなくそわそわしていたのかもしれない。

翌日は土曜だった。

週末は基本的に、ディディは家の用をして過ごすことが多い。

掃除や洗濯や、教会の中の掃除。庭の掃除。広い上に細かい場所も多く、ほぼほぼ掃除で明け暮れる。あとは食事の仕度や、買い出し。そして勉強。

ふだん通りに一日を過ごしたつもりで、しかし可以にバレないように…、と思うと、余計に意識してしまう。

もちろん、今夜のことを可以に言うつもりはなかった。名倉の言うことが妄想でなければ、吸血鬼たちの集まりなのだ。

そして言えば、止められることは間違いない。

夕食をともにすることも多い真凪とヒースだったが、この夜は二人とも姿を見せなかった。何か他の用があったらしい。

このところいそがしそうで、ちょっとバタバタしている印象だった。出かけていることも多いが、何か荷物が運ばれてきて、部屋の中でこもって作業をしていることも多い。かと思えば、例の地下室で半日くらい過ごしたり。

もっともそれは、桐生神父……蔵人神父へ祈りを捧げているのかもしれないな、とディディも邪魔はしなかったけれど。

ヒースくらいには言っていこうかな、ともちらっと思ったが、やっぱり可以に抜けることは間違いないだろう。

とりあえず、危険な真似をするつもりはなかった。

名倉の妄想なら、それにつきあうくらい。そしてもし――他の吸血鬼と接触できたとしても、別に戦うわけじゃない。

彼らの仲間になったふりをすればいい。もともと吸血鬼なのだ。

相手の素性を確かめて、できれば目的も確かめて。

そして可以やヒースに報告すれば、きっと役に立つはずだった。

夕食後、いつも通りにあとかたづけをして、風呂に入って。

じゃ、勉強するね――、と部屋にこもったのだが。

名倉と打ち合わせた時間は、夜の九時だった。

その三十分くらい前になると、ディディは明かりはつけたまま、そっと部屋を抜け出した。

あらかじめ玄関からとってきておいた靴を持って、そっと迷路のような家の中を抜け、聖堂の方へ向かう。

ここでは、夜も聖堂の入り口には鍵を掛けていない。大学の敷地内ということもあって、迷える子羊には常に扉は開かれている。

夜に一人、必要なら好きなだけ神と向き合える、ということだ。

明かりも、ホテルの間接照明くらいにはつけっぱなしだった。

その薄暗い中へ、一般の信徒とは逆に脇の通路からそっと入りこんだディディは、急いでベンチの間を抜けて外へ出ようとした。

——が。

「ディディ」

真ん中くらいまで進んだ時、いきなり聞き慣れた声が背中から響き渡り、ビクッ、と跳び上がるみたいにして立ち止まった。

さほど大きな声ではない。しかし高いドーム型の天井に反響し、体中に響いてくるようだった。

「どこへ行くつもりだ？」

凍りついて動けないでいるディディに、可以のさらに冷ややかな声が尋ねる。

「え…、どこ…って」

ようやくそっと振り返り、ディディは顔になんとか笑みを作った。しかし明らかに強ばってしまっている。

「べ…別に…、あの、昼間、ここ掃除した時、置き忘れたものがあったから……。えーっと…、どこだっけ…？」

「ＤＤ」

あわてて探すようにあたりを見まわしてみるが、可以の視線はまったく逸れなかった。

ただ一言、ピシャリと名前が呼ばれる。

「ご、ごめんなさいっ」

とっさにあやまってから、必死に言い訳を考える。

どう言えば、外に出られるだろう？　こんな夜更けの用事って…？

「仕度をしろ」

が、いきなり言われた可以の言葉に、ようやく上目遣いに顔を上げたディディは、へ？　と間の抜けた声をもらしてしまった。

「何の…？」

「泊まりのだ。今日から三、四日、おまえは外へ出ていろ。泊まるところは手配してあるから」

いくぶん恐い表情のまま、可以が言った。

「ど、どういう意味？」

突然のことに、とまどうしかない。

「明日が満月だからな。その前後ということだ」

「え…、でも、俺……」

確かにディディの体調は、多少の影響を月から受けている。満月に近いと絶好調だし、新月に近づくとだるくなる。同様に、日射しの強い夏場より、冬の方が調子もいい。

とはいえ、今まで満月だから人を噛みたくなった――、とかいう衝動もなく、普通に暮らしていたのに。

「聞いただろう？　最近、吸血鬼たちが妙な動きをしている。今、おまえが巻きこまれると面倒だからな」

本当にいかにもめんどくさそうに、可以がため息をついた。

「別の教会へ泊まれるように頼んである。真凪が送ってくれるから」

「ちょ…ちょっと待ってよっ。大学はどうするのっ？」

思わずディディは声を上げていた。

「その間は休め。――いいか？　一歩も外へ出るな」

厳しい口調に思わず息を?む。

今まで……可以と一緒暮らし始めてから、こんなふうに外へ出されたことはなかった。

……そんなに、切迫しているのか……？

ようやくそれを感じて、ざわり、と肌が粟立つ。

でも――だったら。だからこそ。

ディディは行かなければならなかった。

「あの…、でも…、今日は……外園たちと約束してて」

なんとか、そんな口実をひねり出す。

「こんな時間からか？」

「えっと…、お泊まり会……みたいな？」

「許可した覚えはないが？」

ぐっ…、とディディは唇を噛む。

「い…いいだろっ？　俺だってもう二十歳なんだしっ。今まで友達んちとか、泊まりに行ったことないしっ。言ったら可以、絶対ダメだって言うと思ったしっ」

思い出して、ちょっと泣きそうになりながらディディは叫んだ。

今までディディは「お泊まり」というのをしたことがない。友達の家はおろか、合宿とか、修学旅行にも行けなかった。

理由はわかっていた。

危険だから――だ。

ディディが、ではなく、もし何かの弾みでディディが本能に目覚めてしまったら、まわりの人間が危険だから。

仕方のないことだとわかっていた。自分のせいなのだ。

でも――それだけ信用されていない、ということでもある。

「あっ…、だから、それだったら俺、外園の家に行ってから直接、その教会に行くからっ。だから、お願いっ。一晩だけ！」

「本当か？」

必死に頼んだディディに、可以が冷ややかに尋ねてくる。

「え…？　い、行くよ。教会だよね？」

ディディは何度もうなずいた。

今夜、その集会とやらに出られたら、そのあとは可以の言う教会でもどこでも行って、おとなくしている。それは約束できる。

「そっちじゃない。外園の家に行くという話だ」

「あ…」

まともに指摘され、ディディはとたんに視線を逸らせた。

「本当なのか？」

腕を組み、いかにも疑わしげに聞かれ、そして実際に嘘だと言い当てられた悔しさと、……やっぱり信用されてないんだな…、という憤りと。

自分はただ——自分にしかできないことで、可以たちの役に立ちたかった。

吸血鬼……だけど、だからこそ、吸血鬼たちの動きを探ることができるのだ。

「う…嘘だったらどうなんだよっ！　結局、可以は俺のこと、何も信じてないんだろっ!?　俺がそのうち手当たり次第に人間を襲うんじゃないかって思ってるんだよなっ！　そしたら可以の責任になるからっ！　それが心配なんだろっ！」

これまで抑えていた何もかもが一緒になって、逆ギレした感じだった。

さすがに、可以がとまどったように目を見開いた。

「バイトだってさせてくれないしっ。少しくらい夜遊びしてもいいだろっ？」

「おまえは自分の立場をわかっていないようだな」

感情的になったディディに、いくぶんいらだったように可以が冷たく言う。

「わかってるよ！　でもしょうがないだろっ？　俺だって生まれたくて吸血鬼に生まれたんじゃないよっ！」

可以にあたっても仕方がないことはわかっていた。可以にあたるべきことではないのも。

むしろ可以は、そんな自分を唯一、救ってくれた人間なのだ。

わかっているのに――。

自分を受け入れてくれた、たった一人の人に、甘えがあったのか。

今までたまっていたものが、一気に爆発した感じだった。

ハァハァ…と肩で大きく息をつく。

やがてぽつりと、可以がつぶやいた。

「……そうだな。おまえが吸血鬼でなければ、私ももっと違った人生だっただろうな」

淡々と、静かな声。

ハッと、ディディは可以の顔を見つめた。

「ディディ…？」

やっぱり…、と思った。

何か、胸にズボッと、深い穴が開いたような気がした。

やっぱり可以にとって、自分は面倒で、邪魔な存在でしかなかったのだ、と。

自分のことは、ただ教会の命令で監視していただけ。血だって、暴走しないようにくれていただけ、なのだ。

ぼろっ…、と知らず、涙が溢れ出した。

「卑怯……だよ、可以は……」

自分でもわからず、そんな言葉がこぼれ落ちる。

「あんな……優しかったら、好きになるしかないだろ…。可以しか…、いないのに……っ」

だけど、可以はそうじゃない。

可以にとっては、自分なんかいない方がずっといい人生だったのだ。

「ディディ？」

ギュッと両手の拳を握り、肩を震わせてしゃくり上げるディディに、可以が眉根を寄せる。そして、ため息をついた。

「別に優しくしてやった覚えはないが」

「そうだよね…。別に可以は俺のこと…、どうでもいいんだよね…」

唇を嚙み、ディディは小さくつぶやく。

勝手に自分が……好きになっただけだ。

なんだか急に、ディディは笑い出したくなった。

「でも…、ねぇ、俺のカラダ、結構、気に入ってた？」

泣き笑いみたいな顔で、ひどく皮肉な、露悪的な口調で、ディディは聞いていた。

「もらってた血の代わりにはなってたかなぁ…？」

そんなディディをじっと見つめ、可以があきれたように首を振った。

「今はそんなつまらない話をしている時間はない。とにかく、おまえはしばらくこの家を――ディディ？」

ディディはほとんどそんな可以の言葉を聞いていなかった。

無視するようにしてどんどんと歩いていくと、大きく正面の扉を開け放つ。

サーッ…と、夜風がいっぱいに聖堂へ入りこんできた。

まだ暑くもなく寒くもなく、心地よく身体をすり抜ける。

仰ぎ見ると、大きな丸い月がぽっかりと天空に浮かんでいた。冴え冴えとした、青い月だ。

「ディディ！　扉を閉めてこっちに来い！」

厳しい叱責の声が背中から飛んでくる。

いらだったような、少しあせったような調子だ。

ゆっくりと振り返り、ディディは小さく笑った。

「心配しないでよ…。俺、可以の迷惑になるようなことはしないから」

それだけ言うと、後ろ向きに一歩、外へ足を踏み出す。そして、もう一歩。

「ディディ、おまえ、何を……？」

緊張をはらんだ可以の声。いつになくとまどった表情が目に焼きつく。

さらに一歩、大きく後ろへ下がった瞬間、石段から足が外れ、ディディの身体が宙へ投げ出された。

と同時に、ふわっ、と全身が軽くなる。

両手が小さな翼に変わり、空を切ってディディは夜空へ飛び立った。

「ディディ！　──おい、ディディっ、待てっ！」

可以の叫び声が、背中で小さくなっていった──。

◇　　◇

『おい、どうした？』

聖堂の正面で天空を見つめたまま立ち尽くしていた可以の背中に、どこかのんびりとした声がかかった。

うつろな顔で振り返った可以の目の前に、猫姿のヒースがのっそりと近づいてくる。

『下の方、だいたい準備は終わったぞ』

そんな報告も、しかしなかば可以の耳に入っていなかった。

『ディディはどうする？　今夜から移動させるか？』

続けて聞かれたが、混乱して真っ白な頭にはまともな意味を持ってこない。

『可以？』

いつにないそんな可以の様子に首をかしげ、ヒースが可以の腕に飛びついてくる。

あっ…、とようやく、可以も我に返った。

『どうした？』

怪訝そうな眼差しでもう一度聞かれて、可以はようやく大きな息をつく。無意識に片手で大きく前髪をかき上げた。

「ディディが……出ていった」

その事実を自分に確認するみたいに、可以は言葉を押し出す。

『……あ？　コンビニ？　アイス、頼みたかったなー…』

暢気に言ったヒースの首根っこを、可以は怒りで反射的に引っつかんだ。

「ふざけるなっ！」

そして顔の前で怒鳴りつける。

『や…、別にふざけちゃいないけどな…』

目をパチパチさせて、ヒースがうなる。

「椰島神父」

と、こちらの騒ぎに気づいたのか、真凪も奥から顔を出した。

「すみません。またヒースが何かしましたか？」

『だーかーらーっ。何で俺っ？』

申し訳なさそうに言った真凪に、冤罪《えんざい》を被ったヒースがウガーッ、と毛を逆立てた。

「日頃の行いですよ」

それを軽くいなし、返事もないまま立ち尽くす可以を見て、ちょっととまどった。

何があった？　と聞くみたいにヒースを見てから、あ…、と何かに気づいたように外の石段をいくつか、下りていく。

すぐにもどってきた時、手には服を一式、抱えていた。ディディが脱ぎ捨てたものだ。

「これ…、ディディの服ですか？　どうしたんです？」

あー、とヒースがうめいた。

『あいつ、コウモリになった？』

自分も姿を変える時にしょっちょう服を脱ぎ捨てていくからだろう。すぐに気がついたらしい。

「そう…、めったに姿は変えないんだが」

可以は無意識に眼鏡を外し、眉間のあたりを強く押す。

ジン…、と鈍い痺れが沁みこんで、少し頭がはっきりするようだった。

「どういうことです？　どこへ…、行ったんですか？　こんな時に」

少しあせったように真凪が尋ねてくる。

「わからない」

しかし可以はそう答えるしかない。

「家出…、ですか？」

「そうかな…。今頃の反抗期かもしれない」

知らず、ちらっと笑ってしまう。

ディディには、反抗期といった反抗期はなかった。可以に反抗することなど、考えたこともないのだろう。

それは即、家をなくすということでもある。……少なくとも、それを恐れていたのだ。

その分、いろいろと抑えこんでいたということだろうか……？

確かに、ディディにはいろんなことを我慢させてきた。他の、人間の同級生たちなら普通に体験できたことも。

それに不満を言ったことはなかったが、やはりつらかったのかもしれない。

——俺だって生まれたくて吸血鬼に生まれたんじゃないよっ！

と、その叫びがまさに本心だろうと思う。

——結局、可以は俺のこと、何も信じてないんだろっ!?

その言葉が胸に刺さった。

信じているつもりだった。いや、というより、ディディが自分に依存していることで、いい気になっていたのかもしれない。

ディディが自分のそばから離れるはずはない、と。

血の、束縛。

それはおたがいに、だったけれど。

ただディディは、それを知らない。

「確かに、卑怯だな…」

可以は小さくつぶやいた。

とはいえ、決してそれを口にするつもりはない。口にするわけにはいかなかった。

『ひょっとして…、ディディは告白でもしたのか？　それを突き放した？』

ちょっとしかめっ面をするみたいに、ヒースが聞いてくる。

「ディディと私が…、今さらどういう関係になるというんだ？」

いくぶんいらだたしく、可以は突っぱねるように返す。

ハァ…、とため息をつくように、ヒースが頭を垂れて床へぺったりと伏せった。

『ディディはな…、不安なんだよ。おまえの気持ちがわからないから。どうして受け入れてやらない？』

「何のことだ？」

可以はとぼけた。

『だーからぁ…。ディディが可愛いんだろ？ 教会《エクレシア》からも吸血鬼からも、そんだけ必死に守ってきたんだからな。そんな相手にしっかり手をつけてんのは、家族愛とか、責任とかじゃ収まんなくなったからだろ？』

「それは……、単なる成り行きに過ぎない。おたがい、必要だったからだな。ちょうどよかった。それだけだ」

ヒースの指摘に、可以は頑《かたく》なに言い張る。

『そんな言い方してるから、ディディが不安になんだろーが。そりゃ、おまえの複雑な事情はわかるけどさぁ…。それでホントに大事なものをなくしちゃったら、元も子もねぇんじゃね？』

どこか他人事《ひとごと》のようにのんびりと言われ、――実際、この男には他人事なのだが――可以は無意識に拳を握りしめた。

『おまえの両親だって、別におまえが不幸になるのを望んでるわけじゃねーから。おまえが幸せな方を選んだって、恨んだりしねぇよ』

さらりと言われたそんな言葉に、一瞬、息が止まる。

両親が亡くなった日のことは、今でも目に浮かぶ。焼きついている。

――すべて、自分の責任だと思った。

その怒りを、初めの頃はディディにぶつけてもいた。理不尽な仕打ちもあったと思う。

だけどディディは、どんな時もずっと、可以のことを信じていた。

決して疑わず、可以のそばから離れなかった。

……手放すことができなかったのは、自分の方なのに。

依存させるほどに、心も身体も縛りつけて。

「その…、それで、ディディがどこへ行ったのか…、心当たりはないのですか？」

しばらく沈黙が落ち、様子をうかがっていたらしい真凪がおずおずと口を挟んできた。

ああ…、と可以はそっと息を吐く。

「外園という友人のところへ行くと言っていたが…、それは嘘だな」

それははっきりとしている。

「では、他の友人のところに？」

真凪が首をかしげる。

「いや…」

可以も考えこんだ。

「そもそもディディは友人の家に泊まったことがない。一緒に遊ぶ友達は多いが……」

それにしても、こっそりと出て行こうとしていたのがちょっと引っかかる。

何をするにも必ず、ディディは許可を求めてきた。

可以が却下することも多かったが、それでも臆することなく、懲《こ》りることもなく、要求はぶつけてきていた。

ダメならどうしてダメか、ということを可以もきっちりと伝えたし、ディディも納得はしていたと思う。確かに、ディディにとっては自分のせいではなく、理不尽なことも多かったと思うが。

「まさか、他の吸血鬼と接触して連れ出されたということは…？」

真凪がハッと思いついたように口にする。

「そんな気配はなかったが…」

答えながらも、ふっと、可以の頭に名倉の顔が浮かんだ。

しかし、彼は吸血鬼ではない。それは確かだ。

『まぁ…、単に家出なら、しばらくほっといていてもいいんだがな…』

ヒースが前足で顎を掻きながらうなる。

「むしろ、今ならその方が安全かもしれませんが」

真凪も小さくつぶやいた。

確かにそうだ。

今の、ギルモア復活を画策する連中の件が片付くまで、この教会を離れてくれているなら、その方が都合はいい。

ヘタにその連中に遭遇すると、否応なく巻きこまれる危険がある。監察官が近くにいる今、命取りだった。

『——いや、ちょっと待て』

何か思い出したように、ふっとヒースが足を止める。

『あいつ…、コウモリで飛んで行ったんだよな？　ということは、コウモリで会いに行っても問題がない相手ということにならないか？』

あっ、と可以は息を吞んだ。

『目的地で元にもどっても素っ裸だ。普通の人間相手じゃ、言い訳もできない』

まったくその通りだった。

「だとすると…」

真凪がかすれた声でつぶやいた。

つまり、ディディが行ったのは吸血鬼のところ、ということになる。

そして今、このあたりにいる吸血鬼といえば、ヒースをのぞけば、ギルモア復活に動いているやつらしかいない。

いったいいつ……接触したのだろう？　まったく気がつかなかった。

そのことに、可以は愕然とする。

「まさか…、寝返ったということになるんですか…？」

信じがたいような真凪の眼差しが、可以を見る。

「それはない」

反射的にきっぱりと、可以は言った。

ディディが連中の口車に乗って、可以に敵対するとは思えない。

——心配しないでよ…。俺、可以の迷惑になるようなことはしないから。

さっきディディの言った言葉が耳によみがえる。

『あいつ…、まさか自分から近づいてんじゃないだろうな？』

ヒースが低くうなる。

「それにしても、相手が吸血鬼だとわからなければ、近づきようもない。いったいどこでそれを知った…？　何のきっかけだ？」

可以は難しく考えこんだ。

子供が成長するにつれ、その交友関係はどんどんと変わってくる。そして親は、どんどんとそれを把握できなくなる。

子供——ではなかったが、可以もディディの交友関係すべてを知っているわけではないのだ。

そのきっかけがわかれば、ディディの行った先もわかるかもしれないのだが。

「そういえばおまえ、この前…、ああ、おまえたちが来た次の日だったかな、ディディと何か話してただろう？　何を話していたんだ？」

　ふと思い出して、可以は尋ねた。

『ま、いろいろな。吸血鬼同士の秘密の話？』

「胡散臭いな…」

　とぼけるように言ったヒースを、可以はいかにも白い目で眺めた。

『やーねーっ。吸血鬼には吸血鬼の生理があるんだからー』

　オクターブ高い声を上げたヒースを、可以は無造作に殴りつける。

『いって…』

　猫が頭を垂れて、両手で――両方の肉球で頭をさする。

「つまらない冗談を聞いているヒマはない」

　ぴしゃりと言うと、ヒースがちょっと首を縮める。

『いや、だから別にたいしたことはな…。まぁ、おまえのケガはどうしたのか、とかな』

「教えたのか？」

「そりゃぁな。ディディも心配してんだよ」

　可以はちょっとため息をついた。

「やっぱり…、何か吸血鬼のことをさぐろうとしたのかもしれませんね。ツテでもあったんでしょうか？」

真凪が考えながらつぶやく。

「ヘタにあっても困るが、無鉄砲につっこまれるのも困る。……向こうからディディに接触してくることはあるのか？」

可以は首をひねった。

『そりゃ、あるだろう。吸血鬼はそもそも個体数が少ないから、仲間を見つければ、基本的に声はかける。連中にしてみれば、仲間もほしいだろうし』

「教会の子供を？」

『だからいい、という場合もある。今回なんかは特にな。教会内部の情報もあって困るもんじゃないし。……そうだな。もし、連中が目的があってディディをおびき出したとしたら…、ディディを仲間に引きこむつもりか、もしくはおまえをここから連れ出すための餌《えさ》にするか。どっちかだな』

「その両方なのでは？」

ヒースの指摘に、真凪があっさりと結論づけた。

『まぁ…、そうか』

もちろん、両方できればそれに越したことはない。

ヒースがぽりぽりと顎を掻いた。

「とにかく、放っておくわけにはいかない。ディディを探すしかないな」

難しく眉を寄せて、可以は言った。

「でも、どうやって…？　それに、今、この教会を空けるわけにはいかないでしょう？」

もっともな真凪の言葉だった。

『あ、そうだ』

と、突然思い出したようにヒースが声を上げる。

『あいつ、呼ぼう』

◇

◇

コウモリになったのはひさしぶりだった。

特になる必要もなかったし、可以にも止められていた。

それだけにこんな長距離を飛んだことがなくて（いや、長距離というほど長距離ではないのだが）、普通のコウモリ以上に不格好な飛び方になってしまう。

それでも必死に羽をバタバタさせて、ディディが向かったのは大学の図書館だった。

教会とはキャンパスの中でもちょうど対角線上の真向かいあたりで、かなり遠い。

ひたすら落ちないように飛びながらも、終わりなんだな…、と思っていた。

可以とはもう、一緒に暮らせない。

ひどいことをいっぱい言ってしまったし、言うことも聞かずに飛び出してしまった。

だったらせめて…、最後に何か役に立てればいい。

名倉の言っていることが本当なら、きっと他の吸血鬼たちの情報を――もしかすると、可以を襲ったやつらの情報をつかむことができるはずだった。

よし…、とコウモリ姿の小さな腹に力を入れ直し、なんとか図書館の大きな建物が見えるところまで近づいた。

満月に近い大きな月の下で、くっきりとした黒い影をつけている。

ディディたちがここに住むようになった少し前に改装されたらしく、比較的新しい、石と木を組み合わせたきれいな建物だった。レンガ造りのクラシカルな建物が多いキャンパスの中では、ひどくモダンでスタイリッシュな造りだ。それでも、不思議と調和している。

ロビーやホールや一般の書架、広い自習室など、館内の多くはガラス張りで明るく、一昔前の薄暗いイメージはまったくなかった。

名倉との待ち合わせはこの正面入り口の前だったが、約束の時間よりまだ少し早く、上空から見下ろしても人影はない。

もう少し待たないとな…、と思う。

それにしても、こんな場所で待ち合わせというのが不思議だった。

どこへ行くにしても……その集会がどこで行われるにしても、こんなところで待ち合わせると、そのあとの移動が大変になりそうだけど。

やっぱり、吸血鬼マニアの脳内集会なんだろうか…？

一気に不安になる。

だったらディディのしたことはまったくの無駄で、……可以に合わせる顔もない。勝手にキレて、勝手に飛び出して。

可以もあきれただろうし、不快だっただろうし…、見捨てられても当然だった。

夜のキャンパスはひっそりと静まりかえり、この時間はさすがに図書館の明かりも消えていたが、それでもディディは、パタパタとまわりを一周してみる。

すると、三階の一角で、ほのかな明かりが見えた。

中庭に面した一部屋のようで、ディディは何気なくそちらへと近づいてみる。

週末のこんな夜更けに、残業してる人がいるんだろうか…？

ちょっと首をひねりながらその窓に近づいて、外枠になんとか足を引っ掛けると羽を畳み、コウモリスタイルで逆さまにぶら下がるようにして中をのぞきこむ。

ぐるっと視界は反転するが、コウモリ姿のせいか、さほど違和感はなかった。

シンプルな書斎、といった感じの部屋だ。個人の仕事部屋、だろうか。

壁際にはさすがに書棚があり、大きな机の上にも本が積み重なっている。

そして――人影が見えた。

二つ。距離が近い。

目をこらして、あっ、と気づく。

一人は名倉だった。

もう一人の……スーツ姿の男の胸に、何かせがむように両手で触れ、じっと相手を見上げている。

相手の男は、――そうだ。風間とかいう司書だった。

可以や名倉が話題にしていたこともあり、ちらっと顔を見に行っていた。

近づくな、と可以には言われていたけど。

いや、だから話すことはしなかったし、遠くから眺めただけだ。今年の春に来た新しい人で、でも結構なイケメンで、女子生徒に人気があるというのは聞いていた。

彼には近づくな、と言ったのは、ひょっとしてディディが風間に惹かれるのを警戒したのかなぁ…、とちょっとにんまりしたものだったけど。

どうやら……そんな暢気な話ではまったく、なかった。

風間は微笑んで名倉の背中を抱きしめるようにすると、髪をそっと撫でてやっている。

そ、そういう関係なのかな…、とディディはドキドキし、このまま見てていいのかな…？　と妙にそわそわしてしまう。

が、次の瞬間――。

風間の穏やかな笑みを浮かべる口がいきなり裂けたように大きく広がり、端から二本の牙がはみ出した。

大きく目を見張り、ディディは凍りついた。

目の前の光景が、到底信じられなかった。

――吸血…鬼……？

おかしいのかもしれない。自分が吸血鬼のくせに、こんなにショックを受けるのは。

だが、とても見ていられない気がした。

男の指が名倉のシャツの襟《えり》を引き下ろして首筋をあらわにし、ゆっくりと顔を近づける。

――ダメ…っ、ダメだ…っ！

思わず心の中で叫んだが、どうしようもなく、男の牙が白い首筋に食いこんでいくのがはっきりとまぶたに焼きついた。

ディディは息もできず、瞬きもできないまま、その光景を見つめていた。

初めて……吸血鬼が血を吸っているのを、そして人間が吸われているのを目にしたのだ。

衝撃は大きいのに、まるで映画を見ているように現実味がない。

風間の腕に身体を預け、名倉は恍惚《こうこつ》とした表情を浮かべている。

――なんで……？

理解できなかった。

憧れる、とは言っていたけど……でもそれは、映画の中の吸血鬼のイメージにだろう、というくらいの感覚だった。

どのくらい、風間が血を吸っていたのか。

ようやくゆっくりと顔を上げると、牙の先から血が滴るのが見えて、ゾクッ…と肌が震えた。

そして身動きもできないまま、ただ呆然と二人を見つめていたディディの目が、ふっと、風間の視線にとらえられた。——気がした。

あっ、とようやく我に返る。

バレた……のか？

心臓が冷えた。

普通に考えれば、わかるはずはない。中から見れば外は暗いし、ほんの小さなコウモリだ。

にやっと笑った風間が血に濡れた唇を親指で拭うと、長く伸びていた牙がきれいに元にもどっている。

足下から崩れるように倒れかかった名倉の身体を抱き上げ、そばのイスにすわらせた。

優しくその髪を撫でてやっている。

……合意、なんだろうか？

いやでも、名倉は吸血鬼ではなかったから——少なくともついこの間までは——これが初めてだったのかもしれない。

そして振り返った風間が、窓に近づいてきた。

逃げないとっ、と反射的に跳び上がったディディだったが、がらり…、と窓を開いた風間がまっすぐに呼びかけた。

「ようこそ。ディディ…、だよね？」

全身の毛が逆立つようだった。

どうして……？　名前を知ってる？

いや、それより、このコウモリの姿でどうして認識できるんだ…？

やっぱり同族――だから？

「どうぞ、入って。朋春と約束があるんだろう？」

うながされ、ディディは迷った。

逃げ出したい気持ちも大きかったけど、……でも、この男が吸血鬼なら、もしかすると大学の中に他にもまだいるのかもしれない。

ちゃんと調べないと、また可以は狙われることになる――。

行くしかなかった。

彼らの中に入ってそれを調べられるのは、きっと自分だけなのだ。

ごくりと唾を飲みこみ、ディディは羽を広げて窓の中へすべりこむと、とりあえずカーテンレールにとまった。

「そんな隅っこにいなくても」

風間がクスクスと笑う。

そしてイスでぐったりとしていた名倉の横に立つと、ディディを指さして言った。

「ほら、ディディが来てくれたよ。よくやったね、朋春」

片手で頬を撫でられ、褒《ほ》められて、名倉が幸せそうに微笑む。愛おしげにその手のひらに、自分の頬をこすりつける。

そしてそっと顔を上げると、どこかうつろな眼差しでディディに向かってにっこりと笑った。

「やっと…、僕のマスターに血を吸ってもらったんだ。これで僕もディディの仲間だよ」

――そんな……。

ディディは無意識にグッ…と奥歯を噛みしめた。

血を吸われた元人間は、確かに吸血鬼にはなる。その亜種に。

だが先々、その人間がどうなるのか――。

ディディは可以たちからさんざん教えられていたし、実際――その末路を目にしたこともある。

血に飢えて、血まみれで。狂ったように手当たり次第に人を襲っていた。

たまたま行き会わせてしまったのだが、可以がまだ狩人《シャスール》だった時で、可以はディディの見えないところで始末したようだ。

「ね、僕もコウモリになれるのかな？」

ワクワクとした様子で、名倉が風間に尋ねている。

「そうだね。訓練が必要だろうけど」

それに優しく答えた風間が、ディディに向き直った。

「コウモリだと話しづらいだろう？　人間の姿にもどったらどうかな？」

そう言ってから、ああ…、と気がついたようにうなずく。

「そうだったね。着る服が必要だった。……朋春、ディディに服を持ってきてあげなさい。まだ予備はあったはずだから。君と同じサイズで大丈夫かな？　もう一つ上かもしれないね」

そんな言葉に、はい、と素直にうなずいて、名倉が隣の部屋へと入っていった。

その間、風間が朗らかにディディに話しかける。

「今日は一族の集まりだからね。衣装はこちらで用意があるんだよ。……ほら、みんな、飛んできた方が目立たないし、早いからね。中には犬や猫で来るメンバーもいるけど。ああ、あとご婦人方はドレスの好みがうるさいから、こちらでは用意できないんだが」

では、この図書館に、集まるのか……？

ディディもさすがに驚く。

「なかなか粋なものだろう？　ミッション系の大学で吸血鬼の集会なんてね」

風間が喉で笑う。

それぞれが来てから着替えるために、風間の方で服を用意しているということらしい。

よく見れば風間も、スーツというより艶《つや》やかな黒のタキシード姿だった。黒のズボンと上着で、白いシャツ。黒のアスコットタイに、白いチーフまできれいに決まっている。

そういえば名倉も黒のズボンで、上はかっちりとした白いシャツだった。上着は着ていなかったが。

「ディディ、こっちで着替える？」

隣から顔をのぞかせて、名倉が声を掛けてきた。

どうぞ、とうながすように風間に微笑まれ、ディディは思い切って隣の部屋へと飛んで行った。

このまま捕まってしまう、という可能性もあったけど、とにかくやってみるしかなかった。

ふだんは何に使われているのか……物置か何かだろうか。

古書という貴重な感じではなく、ただ古そうな本が並ぶ書架もあったが、今は部屋の隅に追いやられ、部屋の真ん中はたくさんのハンガーがかかった大きなハンガーラックが占めていた。

このハンガー全部が服だったとすると、かなりの人数が参加しているようだ。

残っている服でも、タキシードの上下がセットになった真っ黒なものと、シャツだけが掛かった真っ白なものと。その他にも、スチール棚にはチーフやカフスやいろんなタイプのネクタイや…、小物が一通り並んでいた。

いつの間にか図書館が私物化されているようだ。

まだ新参のはずだが、風間は人当たりがよく仕事もできるようで、すぐにまわりの信頼を勝ち取ったらしい。

そのあたりも吸血鬼の才能、なんだろうか？

自由な裁量に任される部分も大きくなり、もちろん、そうするためにまわりの人間を籠絡《ろうらく》したわけだろうが。

「一応、合いそうなサイズを出しておくね。ネクタイとかも。あ、あと下着」

名倉が手際よく、小ぶりなディスプレイ用のラックにタキシード一式と、白いシャツを引っ掛け、横の棚にネクタイやチーフをそろえてくれる。

名倉が外へ出るのを待って、ディディはようやくもとの姿にもどった。

素っ裸で、やはり心許ない。

下着まで抜かりなく用意があるのはありがたいが、吸血鬼たちはみんなこんなふうに着替えているんだろうか…？

慣れている人なら、全裸でも堂々としてるものかもしれないけど。

そういえば、ヒースもよく猫に変身しているわけだけど、やっぱりもとの人間にもどる時には素っ裸なんだろう。

ヒースならあまり気にしそうにもないけど、……なるほど、きっとそのままの姿でふらふらしたりしているから、真凪さんに怒られているわけだろう。

まったく慣れていないディディは急いでパンツを穿《は》き、シャツを羽織って、ズボンを引き上げる。

初めて見る幅広のタイがうまく結べず、あきらめて上着だけを羽織る。

大きな姿見まで用意されていて、ディディは全身を映し出してみた。

こんな格好は初めてで、慣れてなくて妙な感じだ。

鏡も、小さい頃には姿を映し出すのは苦労したけど、まあ、気を抜かなければ人丈夫だった。

そういえば施設でも、後ろの方に移っていなければならないディディの姿がなくて、一人の子供がびっくりしたように振り返り、ディディはあわてて意識を集中したものだ。驚いて先生を呼んできた子供が帰ってきた時には普通に映っているわけで、なんとか大きな騒ぎにはならずにすんでいた。

子供心に、まずい、と知っていたのだろう。

今考えると、いろいろと危ういことはあって、こうやって無事に過ごせていることが奇蹟みたいなものかもしれない。

他の吸血鬼たちはどうなんだろう…？

と、ふと思う。

両親がいれば、そういう問題はなかったんだろうか。

ディディも、可以と暮らし始めてからはいろいろと厳しく教えられたけど。人のいるところでやってはいけないことや、気をつけないといけないこと。

とりあえず着替えて、息を吸いこんでから、ディディはドアを開く。

二人の視線がいっせいに突き刺さった。

「わぁ…！　やっぱりディディはそういうの、似合うねっ。いいなぁ…」

名倉がはしゃぐと同時に、羨望《せんぼう》の入り交じった声を上げる。

ディディは緊張したまま、ドアを背に立ってじっと警戒するように二人を見つめていた。

風間の計画を……聞き出さなければならない。もちろん、他の吸血鬼たちの素性も。

だが同時に、やはり吸血鬼という種への関心、他の吸血鬼たちの生き方への興味は強かった。

「うれしいよ。君とはもっと早くちゃんと話したかったんだけど、君の保護者のガードが堅くてね。こちらとしても、中途半端に接触して神父様に正体を悟られるわけにはいかないし」

風間がそんなディディの緊張を和らげるように、穏やかに口を開く。

「だが、朋春が私を助けてくれてね。本当に役に立つ子だよ、君は」

軽く髪を撫でられ、名倉が幸せそうに風間を見上げる。

「本当は僕、もっと早くマスターに血を吸ってもらいたかったんだけど、ディディを連れてこられたら、って言われてて。ほんと、やっとなんだよ？」

いくぶん責めるように言われて、ディディは泣きそうになった。

ならば、ずっと自分が無視していれば、名倉は血を吸われなくてすんだのかもしれない。あるいは
――自分が名倉の前に現れさえしなければ。

やっぱり自分は……いるだけで、まわりの誰かを不幸にするのだろう。

重い塊が胸が詰まって苦しくなる。

「やっと僕、マスターのものになれたんだね…」

その名倉の思いは、崇拝《すうはい》なのか、愛情なのか……錯覚なのか。

「ディディ、私たちが君の同族であり、味方だというのはわかるだろう？」

強ばった顔のままのディディに、風間が言い聞かせるように口を開いた。

「ディディは椰島神父にリミッターみたいなの、かけられてるんじゃないかと思うんです」

横から名倉が口を挟んだ。

それに風間がわずかに眉をひそめる。

「そうだね…。物理的なものはなさそうだが、幼い頃から神父の元にいれば、精神的に何かの制約がかかってることはあるかもしれない。……つまり、洗脳みたいなものだね」

重々しい風間の口調に、ああ…！　と名倉が声を上げる。

――そんなこと、されてないっ。

と、ディディは声を上げそうになったが、なんとか喉元で押しとどめる。

「椰島神父の言うことが絶対だったのかな？　……かわいそうに。君はずっと騙《だま》されていたみたいだからね」

懐柔《かいじゅう》するように言われて、ディディはそっと息を吸いこんだ
――そんな…、可以は、自分を騙すようなことはしない。そんな必要はない。

自分に言い聞かせる。

「でも、何かが違うとわかってここに来たんだろう？　今まで、吸血鬼には近づかないように、とで

も、言われていた？」

ちょっとからかうような調子で聞かれて、ディディは少し迷ったが、小さくうなずいた。

「今まで…、会ったこと、なかったから」

かすれた声を絞り出す。

これはちょっと嘘だが、ヒースをのぞけば、という意味では本当だ。

ヒースは多分、普通の吸血鬼とは違う。

ようやく口を開いたディディに、風間が満足そうに微笑んだ。

「そうだろうね。昔は生まれた土地がそれぞれなら、なかなか連絡もとれなかった。もともと孤高を好む性質でもあるし。だが今の時代は簡単になったよ。なんなら、ネットで仲間を見つけ出すこともできるしね」

可以たちにはやっかいな時代なのだろうか。逆に、発見しやすくなったというメリットもあるのかもしれないが。

「吸血鬼は決して孤独なものではない。仲間はたくさんいる。君もすぐに会えるよ」

風間のそんな言葉に、ディディはハッと思い出した。

「集会が……あるんですか？」

そっと確認する。

「そう…、決起集会というところかな」

風間が不敵な笑みを浮かべる。

——決起…。

ではやはり、何か行動を起こすつもりだということだ。

ディディはそっと乾いた唇をなめ、風間を見上げた。

「俺…、他の吸血鬼のこと、ぜんぜん知らなくて。教えてもらえますか？」

「もちろん」

男が大きくうなずく。

「社会で成功している者も多いし、いろんな話を聞かせてもらえばいい。きっと、君も自分の進むべき方向が見えてくるはずだ」

そんなふうに言いながら近づいて来た風間が、何気ないように手を伸ばし、ディディが結べないまま首に引っ掛けていたネクタイを手に取った。

「あの…」

「ああ…、じっとしてて」

そう言って、手際よくシュッ…シュッ…、と結んでくれただが、ディディは身体を強ばらせたまま、息を詰めてしまった。

男の指が顎のあたりに触れた瞬間、ビクッと身体が震えてしまう。

……可以に、初めてネクタイを結んでもらったことを思い出す。

中学校の時の制服だった。

ディディは本当に不器用で…、何度教えてもらってもなかなかうまくできなくて。

あきれながらも、可以は根気よく教えてくれた。

「緊張してる？」

「あ、はい……」

耳元で言葉を落とすよう優しく聞かれ、ディディは引きつった笑みを返した。

甘いトーンで、ぞくり、と身体の芯を走り抜ける。

確かにこんな調子で迫られたら、女の子とかほいほい引っかかりそうだ。……女の子だけじゃなさそうだったけど。

「俺…、その、吸血鬼……だけど、何もできなくて……」

「君は大丈夫。もっと自信を持って。まだ若いし…、今まで抑えこまれていたとしても、これから十分に力は伸ばしていける。……何でもできるよ。君が望むことはすべて。欲しいものはすべて、手に入れられるから」

自信に満ちた笑顔。

「それが、私たちに与えられた特権だ」

力強く言われた言葉に、引きこまれるような気がした。

それこそ、新興宗教の暗示みたいに。

「ぼ…僕も！　僕も結んでもらっていいですか…っ？」

と、その様子を見ていた名倉が、風間の背中から大きく叫んだ。

あからさまな嫉妬に燃える目がディディをにらみ、ちょっとあせる。

ディディとしては、まったくそんなつもりはないのだ。

だがそれよりも——その瞬間の風間の凍りつくような冷たい眼差しに、ディディは知らず、息が止まった。

喉元に刃物を当てられるような…、いや、それこそ得体の知れない魔物に喉笛を嚙みきられそうな、圧倒的な恐怖に襲われる。

一瞬、身がすくんで動けなくなるほど。

しかし振り返った風間は、ふだんの微笑みを浮かべて名倉に言った。

「もちろん、いいよ、朋春。おいで」

パッと喜びに頰を染めて近づいた名倉のネクタイを、風間が同様に結んでやっている。

ディディはようやく、口の中にたまった唾を飲み下した。

「よく似合うよ、朋春。——ああ、悪いけど、ちょっと下の様子を見てきてくれるかな？　お客様たちはみんなおそろいかどうか。もう着替えはすんでると思うから」

穏やかに言われて、はいっ、と名倉がまっすぐな返事をし、下へと降りていったらしい。

どうやら下の、ホール——で集会が行われるのだろうか？

図書館でそんな大がかりなことをやって大丈夫なのか…？

と、思ったが、そういえばこの週末の土日、図書館は電気系統の不具合修正とかで閉館になっていたようだ。風間がその「監督」を買って出たわけだろう。

名倉が姿を消したドアを見つめ、小さく鼻を鳴らす。

「……まったく、面倒だな。まぁ、朋春は可愛い顔をしているから。従順だから使えるうちは使ってやるが」

そして、風間がため息混じりに言った。

「あの程度の下僕ならいくらでも作れるが、君みたいな純血種は貴重なんだよ。我々は種としての繁殖力が弱くてね…。なかなか新しい命が生まれない」

――つまり…、使い捨て、なのだ。やっぱり、亜種の吸血鬼は。

きっと名倉が思い描いているようなバラ色の未来はやってこない。

視線を落とし、ディディは小さく唇を噛む。

「君は両親とも、吸血鬼だったと聞いている。そんな純血種が、神父に顎で使われるなんてことがあってはいけないいな」

肩に手を置かれ、にっこりと言われて、ディディはなんとかうなずいた。

――違う…。

しかし、心の中では違和感だけが大きくなっていく。

やっぱり違うのだ。自分と、この吸血鬼たちとは。

そんな気がする。

「一族が結集すれば、この世界で——どんなことでも実現できる。そもそも種の頂点に立つのは人間じゃない。我々だからね」

風間のそんな言葉が、身体の中をすり抜けていくようだった。

吸血鬼はみんな、そんなふうに考えているのだろうか？　自分の死んだ両親も？

と、名倉が軽やかな足取りでもどってきた。

「皆様、おそろいです。マスターを待っていらっしゃいますよ」

誇らしげな声に、風間がうなずく。

「行こうか。ディディ、君のお披露目にもなる」

うながされ、ディディは息を呑んだ。

彼らの中に入りこんで、情報が得られれば、と思っていたが——ちょっと急すぎる。そこまで目立つつもりはなかった。

だが、今から逃げることもできない。

ディディも覚悟を決めるしかなかった。

最後まで吸血鬼たちとつきあって、その動きを見極める。そしてそれを、可以やヒースたちに連絡する。

ここの吸血鬼たちが例の封印されている吸血鬼の解放を目指しているのなら、その人数や、襲撃の日時、方法なども探れるかもしれない。

「あの…」

名倉の呼んでくれたエレベーターに乗りこみながら、ディディは思い切って尋ねた。

「この間、可以が襲われたみたいなんですけど、あれは…、風間さんたちですか？」

その問いに、風間がにやりと笑う。

「ディディ、では君は、教会の地下に眠っている男の話を聞いたのかな？」

「ええ、一応は。その、封印されている吸血鬼をよみがえらせようとしている……んですよね？　風間さんたちは」

慎重に、ディディは話を進めた。

「そうだよ。ギルモアは…、そうだな。まさしく我々の神とでもいうべき存在だからね。あの方の力なくしては、我々の描く計画を完成させることは難しい」

「マスターより強いのですか？」

横から興奮を抑えるように、身を乗り出して名倉が尋ねる。

「私の比ではないね。あの方は特別だ」

――その男を、叔父が封印したのだ。封印するだけでが精いっぱいだったのだろう。

今さらにその命を賭けた偉業を実感する。

「だからこそ、彼が封印されたのち、私たちは新しいリーダーを立てることはしなかった。代わりに、彼を奪還することに力を傾けた」

「では、風間さんはリーダーということではないんですか？」

ふと、ディディが尋ねる。

「総帥というのはあの方だけだよ。私はその下の幹部会に名を連ねているに過ぎない。東方の地区を預かっているけどね」

聞きようによっては謙虚な言葉だ。

そしてやはり、ギルモアが作ったというネットワーク自体は生きているらしい。

「あの方が眠っているのがこの土地だったというのは、私にとっては……僥倖《ぎょうこう》だったね」

風間が唇で笑う。そしてふと、ディディに視線を落とした。

「ディディ、君にこちらの血は入っていないようだが、吸血鬼の本場はそもそもヨーロッパだ」

「……ですよね」

日本には日本の妖怪がいるので、あまり外からの「魔物」が入りこまなかったのだと、昔可以から聞いたことがある。

が、それでもボーダーレスの世の中だ。同族の食い合いを忌避《きひ》して、わざわざ渡ってくる魔物たちもいる。あるいは単に、お上りさんよろしく観光に訪れ、クールジャパンが気に入ってそのまま住み着いてしまったとか。

そんなこんなで、この百年くらいの間に一気に世界中に吸血鬼が拡散した――わけだろう。自分に住みやすい場所を求めて。

「ただ、平安や江戸の昔に渡来した吸血鬼もいてね。最初の吸血鬼が『風間』を名乗った。私はその系統になる。まあ、さらにたどれば、ディディともどこかでつながるんだろうけどね」

そうなんですね…、とディディはなかば呆然と、つぶやくみたいに答えたが、……あまりうれしくはない。

「ただ、ヨーロッパの連中はいまだに気位が高いし、世界の情勢に適応できていない。異次元レベルのジジイやババアなんだが、そろって能なしの集まりでね。そのくせ、こんな東洋の外れの国にいる吸血鬼などには洟《はな》も引っ掛けない高慢さでねえ…」

ちらっと微笑んで、いかにもあきれたような口調だったが、内心ではかなり鬱屈《うっくつ》もあるようだ。

つまり吸血鬼内でもランク？　みたいなのがあって、やはり本場に近い方が血統がいいということらしい。

「だがここで、私たちがあの方を復活させることができれば、ね…」

なるほど、復活後の勢力争いで頭一つ、抜けられるというわけだ。

やはりいろいろと、吸血鬼の中でも駆け引きはあるらしい。

結局、どの世界でも同じなんだな…、という気もするし、そんなことに人間を巻きこんでほしくもない。

自分が巻きこまれるのは、ある意味、仕方がないのかもしれないが、しかしそれは、可以を巻きこんでしまうということでもある。

「実はこの間、独断で先走った男がいたんだが、見事に失敗してね…。まあ、うちのグループではなかったんだが、場を荒らされてまいったよ。自分の血を過信した愚かなヤツでね。何事にも機はあるというのに。おかげで少々、めんどうなことになってしまった…」

やれやれ…、というように風間が首を振った時、エレベーターが一階に到着し、かたん…、と馴染んだ音で扉が開いた。

目の前が一気に開ける。だだっ広い玄関ホールだ。

ここでその集会をやっているのだろうと、ディディは全身を緊張させていたのだが、誰もいなくて拍子抜ける。

「こっちだよ」

と、風間が先導するように一方へと足を向けた。

図書館は真ん中の玄関ロビーやホールに、二つの平べったい半円柱を左右にはめこんだようなこった形をしており、それぞれが分野の違う一般書架と自習スペースになっている。

まっすぐにその片方へと、風間は入っていった。

すり鉢の底のような円形の中央付近に自習スペースがもうけられ、それを取り囲むように、円弧状の低めの書架が段々と、幾重にも並んでいる。ちょうど、ドーム型の球場を半分に割ったような形だろうか。

風間の姿が見えると、中にいたゲストたち――吸血鬼、なのだろう――がいっせいに拍手で出迎えた。

ほとんどがタキシード姿の男たちで、ドレス姿の女性はちらほら、というくらいだ。総勢で……何人だろう。十人か…、二十人もいるだろうか。テーブルの上や、イスや、あるいは書架の上など、それぞれが思い思いのところに腰を下ろしていた。

そしてその間を、やはりタキシード姿の青年たちが走りまわって飲み物などを運んでいる。それぞれの使用人みたいに。

――亜種、の…吸血鬼……？

ディディは思わず息を呑んだ。

しかし、どうしてロビーではなく、わざわざ図書室の中で……？　と思ったが、理由はすぐにわかった。

天井や壁の一角が一面のガラス張りで、大きな月の光がいっぱいに降り注いでいる。屋内ライトがいらないほどの、冴えた明るさだった。

そういえば、ディディがあまり図書館へ来ないのは、雨の日とかでなければ屋内が明るすぎるからだった。

もちろん昼間は天井にシェードが張られているのだが、それでもつらいくらいのまぶしさだ。

だが夜なら——確かに、月光浴には最適な空間かもしれない。

半円の直線部分、直径にあたる部分がテラス状の書架になっており、ちょうど自習スペースや向かいの書架を見渡せるちょっとした舞台のようで、空間に反響する拍手の中、風間は迷いなくそちらへと向かっていた。

——これ……みんな、吸血鬼……？

自分も吸血鬼でありながら、そんな恐れを抱きつつ、ディディは踏ん張るようにしてあとについていく。

正直、こんなにいたんだ…、という感慨がある。日本かせいぜい日本近隣だけで、だ。

よく見ると、ちらほらと見覚えのある顔もあった。

どこかで見たような有名人——スポーツ選手と、政治家、だっただろうか。

マジか…、と内心で冷や汗がにじむ。

「——皆様！　まさに今日、この夜、我々は新しい、若い力を迎えることができました！」

テラスの真ん中あたりに立つと、自然と拍手がやみ、それを待って風間が大きく声を上げた。

「ディディエ・カターディア！　生まれはドイツですが、日本育ちですから、心は日本人と言っていいでしょう」

そんな風間の紹介に、どっと笑い声が弾け、空気が和んだ。

しかしディディとしてはそんな賑やかな空気に乗れる余裕もなく、思わず聞き返してしまう。

「……カターディア？」

「そうだ。それが君の本当の名前だ」

風間が静かに告げる。

しかしディディは覚えていなかった。

あるいは、施設の記録ではそうなのかもしれないが、名字で呼ばれたことなどほとんどない。

「ほう…、カターディア一族は私とは従兄弟の血筋にあたるんだ！」

と、一番前の書架の上に、クッションをのせて腰を下ろしていたタキシード姿の男――みんなそうだったが――が大きく声を上げる。

「君があの時の子供か！　君の両親の無念も知っている。つらかったな…」

しみじみと言われて、ディディはとまどいつつ、ちょっと頭を下げた。

正直、何も実感はなかったけれど。

両親は火事で死んだのだと、可以には聞いていた。吸血鬼だと人間に知られてしまい、不意打ちに銀の杭で胸を貫かれたあと、家に火をつけられたのだと。

「彼が我々のもとへ来た以上、もう待つ必要はない。――今宵、決行としましょう！」

高らかと上げた風間の宣言に、おおお……！　と高い天井に鬨《とき》の声が反響し、書架の波へと吸いこまれた。

風間が指で合図すると、グラスを持った若い――元人間たちがいっせいに赤ワインをそれぞれのマスターへと運んでいく。

ディディも名倉からグラスを押しつけられた。

血の色のワイン——奇しくも教会と同じだ。

「では、勝利に……！」

「新しい世界に……！」

いっせいに掲げたグラスを一気に干し、高揚した感情のまま、勢いよくグラスを床へ投げ捨てる。

グラスの割れる耳障りな音も、しかし今の気分を盛り上げているようだ。

さて……、と立ち上がった何人かはネクタイを緩め、タキシードの上を手荒に脱ぎ捨てる。

「……アレだよな？　ここから目と鼻の先だ」

一人が窓際に立ち、遠くを眺めて言った。

昼間ならキャンパスの向こう側に教会の尖塔も見えるのかもしれないが、今は闇に沈んでいる。

……はずなのだが、吸血鬼は概して目はいい。ディディも、かなり夜目は利く。

部屋中からふつふつと立ち上ってくる熱気に、ディディはグラスに口をつけることもできず、ただ呆然と立ち尽くしていた。

「い、今から……？」

大きく目を見開いて、思わずディディは聞き返してしまう。

「そうだ。今からだよ」

にやり、と風間が笑った。

「でも…、教会には可以も…、真凪さんもいるのに…っ？」

あせって声を上げたディディに、風間がゆったりと落ち着いたままうなずいた。

「そうだな。桐生神父にはそのままいてもらっていいんだ。彼の血は我々の…、あの方の復活の儀式に必要だからね。なにしろ封印した桐生神父の血筋だ」

「えっ？」

知らなかった。では、狙われているのは真凪も同じなのだ。

「椰島神父の方はちょっと邪魔だ。だから早めに退場してもらいたかったのだが…、彼はなかなかしぶといね。――だから、君に手伝ってもらいたい」

微笑んだ風間の冷たい眼差しに、ゾッ…と背筋が冷たくなる。

「お、俺……？」

「そうだよ。やってくれるだろう？」

優しい声音だけに、恐ろしい。全身の毛穴が収縮するようだった。

本能的な恐怖、というのだろうか。野生の獣が、圧倒的に強い敵を前にした時のような。

戦うことも、逃げることもできない。

「なに、を…？」

ディディはかすれた声で聞き返すだけだ。

「携帯、……は、持ってないか。コウモリだったからね。じゃあ…、これ」

するりとポケットから出した携帯をディディに手渡す。

「椰島神父に電話して、ここへ迎えに来てもらうんだ」

「ど…どうして……？」
・反射的に聞き返したものの、その答えはわかっているようで、すでにディディの声は震え始めている。
「もちろん、殺すんだよ」

さらりと言われて、息が止まった。

「そ…、そんな……、来ないよ、可以は…っ。だって、俺、ケンカして飛び出してきたんだしっ」

必死にディディは声を上げた。

ハハハ…、と風間はそれを軽やかに笑い飛ばす。

「だから来るんだろう？　心配してるんだろうし。君のことはずいぶんと大事にしてるみたいだからね」

そんな言葉に、ディディはぶるぶると首を振る。

「そんなこと……ない。可以は俺のこと、邪魔……邪魔に思ってるくらいだからっ」

「まぁ、確かに、彼が君を育ててるのには深い理由があるのかもしれないけど。でも責任もあるからね。彼は来ると思うよ」

肩をすくめて、風間があっさりと言った。

――そうかも、しれない。

責任ということを考えると、しぶしぶでも来ることはあり得る。

「……ダメだ。そんなの……」

ディディは無意識に後ずさった。

「そんなこと、できないよっ！」

大きく声を上げると、手にしていた携帯を風間に投げつける。

瞬間、室内にいた吸血鬼たちの視線が、いっせいにディディに突き刺さる。

シン…、と静まりかえっていた。

自分の荒い息遣いだけが耳に届き、ディディは恐怖と息苦しさに押し潰されそうになる。

「できる、できないじゃないんだ」

その携帯を落ち着いて拾い上げ、風間がディディに向き直って微笑む。

そして無造作にディディの腕をつかむと、そのまま一気にねじり上げた。

「あぁぁぁぁぁ……っ！」

激痛に喉が裂けそうな悲鳴が上がる。自分の声とは思えないような。

たまらず身体をよじり、ディディはその場へ倒れこむ。

わずかに身を屈め、風間がディディの顎をとる。

「う…、ぁ……」

指が頬に食いこみ、皮を破って口の中がズタズタにされそうだった。

目の前で男が笑った。

「やるんだよ、君は」

――信用、させたつもりだった。だが風間たちにとっては、どちらでもよかったのだ。

ディディが自分たちにつこうが、裏切ろうが。

ただ、可以をおびき寄せる餌に過ぎない。

だけど。

来たら殺される。間違いなく、殺されてしまう。

こんな、吸血鬼たちの巣窟《そうくつ》に。

「……いや…だ…っ」

歯を食いしばり、涙をにじませて、ディディは声を絞り出した――。

◇

◇

その男が聖堂の扉を大きく開いて姿を現したのは、真凪が電話をかけてから小一時間ほどがたった頃だった。

スタイルのいい、かなりの美形だ。二十代なかばだろうか。長い髪をうしろに束ね、無造作に巻いた赤いストールがシンプルな黒のシャツによく映えて似合っている。

可以は男の顔をどこかで見たような気がしたが、すぐには思い出せなかった。

整然と並ぶベンチの間を、まるでランウェイを歩くモデルのような姿勢のよさで、まっすぐに祭壇に向かってくる。

じっと注視する二人の男――しかも両者とも、スータン姿の明らかに神父だ――の視線をものともせずに、彼は顔を上げたまま歩ききると、目の前でたちどまった。

そしてちらっと、一番前のベンチで身体を伸ばしている大きな猫――ヒースを見る。

「今日は猫か…。どうした？　僕とまともに顔をつきあわせるのが恐くなったか？」

そして挑発するように言った。

猫の本体がヒースだと一目で見破った男に、可以は内心で目を見張る。

教会の人間ではない。普通の人間に見えるのだが――以前に、どこかで猫のヒースと遭遇したことがあったのだろうか？

『なに…、おまえの相手くらい、この身体で十分だということだ』

それにヒースが前足でカッカカッ、と胸のあたりを掻きながら、ことさらふざけた態度を見せる。

「ほう…？　でも僕は、猫の扱いには慣れてるんだけどね？」

うそぶくように言った男の腕がスッ…と伸びて、ヒースの前足を捕らえようとする。が、素早くかわしたヒースが、ベンチの背もたれへ駆け上がり、後ろの列へ逃げるかと思わせておいて、男の顔に飛びかかった
「――チッ…！」

短く舌打ちし、男が片方の手で顔をガードするとともに、もう片方の腕が横から伸びて、素早く猫の首をひっ捕まえた。

なかなかのスピードだ。

『うみゃーん…』

男の手に首からぶら下げられ、哀れっぽくヒースが鳴く。

「……おまえ、猫の方が動きが鈍いぞ？」

男があきれたようにため息をついた。そして吊《つ》り下げた猫を持ち上げて視線を合わせ、じろり、とにらみつける。

「ここが教会なのを幸運に思え。私は場所柄はわきまえている。聖なる場所で狼藉《ろうぜき》を働く気はない。そうでなければ、きさま、今頃は首と生き別れになっているからな」

顔に似合わず、かなり物騒だ。

『十分、狼藉だと思うがにゃー…』

前足で顔を洗うみたいにしてうそぶいたヒースを、男が問答無用で扉に向かってぶん投げる。

『うっ…、きゃっ…、にゃっ…！』

ヒースの丸い身体が毛玉みたいにきれいに転がった。

「申し訳ありません、クレイさん。お呼びだてした上に、あのバカがご無礼を」

ハァ…、と前髪をかき上げるようにしてあらためて向き直った男に、真凪が丁重にあやまる。

どうやら男の名はクレイ、というらしい。

「いえ、いつものことですよ、桐生神父。ちょっとした準備運動みたいなものです。――お元気そうでなによりですね。あのバカの面倒をみるのは大変でしょうに」

……バカバカの連打で、二人ともにすごい言いようだ。

可以は思わずヒースを見たが、みゃーん…、と鳴いて、のそのそともどってくるところだった。

その間に、「椰島神父です」と真凪に紹介され、男が丁寧に可以の前で片膝をついて頭を下げた。

最敬礼だ。さすがに可以もめったに受けることはない。

「クレイヴ・ローゼンハインと申します、神父様。記憶の片隅に、この名をとどめていただければ光栄に存じます」

よろしく、と返した可以は、あ…、と思い出す。

そうだ。確か、クレイ、という名のハーフモデルだ。

「それで…、彼がディディの居所を…？」

半信半疑で、可以は真凪に確認してしまう。

『その男は吸血鬼レーダーだからにゃぁ…』

もどってきたヒースが、懲りずにベンチの後ろから座面へと飛び降りてくる。

「吸血鬼レーダー？」

眉唾《まゆつば》のようで、可以は思わず眉を寄せる。

そんな便利なものがあれば、教会の方で手をまわしそうなものだ。

「ローゼン騎士団の末裔《まつえい》で、代々、吸血鬼を追いかけている方です。……ともかく、クレイさんは吸血鬼に対する嗅覚が特別で…、ディディの居場所ももしかすると」

真凪がそこまで信用しているのが不思議でもあるが、可以としても他にあてがあるわけではない。

「吸血鬼を探すお手伝いでしょうか？」

クレイが首をかしげて、察しのよいところをみせる。

「ええ…、申し訳ありません。勝手なお願いで」

「いえ、桐生神父の助けになれるのでしたら、いつでも」

チャラい外観にかかわらず礼儀正しく言ったクレイに、ヒースがいつの間にか、さっきディディが脱ぎ捨てた服をくわえて引きずってくる。

『ほら、ディディの匂いがついた服ならここに……』

『僕は警察犬じゃないっ』

ムッとした声を上げると同時に手が伸びたが、今度はうまく、ヒースがかわしたようだ。

ふん、とクレイが鼻を鳴らす。が、すぐに思い出したようにこちらに向き直った。

「その…、ディディという方かどうかはわかりませんが、来る途中、ずいぶんと吸血鬼の気配を感じましたよ？」

あっさりと言われて、えっ!?　と真凪と二人、声を上げてしまう。

「どこでですっ？」

「ずいぶん、というのはどういう意味で……」

そして二人の質問がかぶる。

「あ…、ええと」

とまどったよう二人を眺め、つきあいの長い真凪への答えを優先したらしい。

「異様に数が多い印象だったのです。これほど一カ所に吸血鬼が集まるなどということは、普通あり得ませんから」

思わず息を呑み、真凪と顔を見合わせた。

吸血鬼が集まっている、ということは、直接攻撃を仕掛けてくるつもりだ、ということだ。

——いや、それだけでなく、大きな目的のために動き出す。

「場所は、この大学のキャンパスの中ですよ。……ええと、あれは図書館なのかな？　すごくモダンな感じの」

――図書館……！

可以はその一瞬に、自分の表情が変わったのがわかる。

風間だ。――吸血鬼、だと……？

「あの男…っ、ふざけやがって…っ！」

やられた、という怒りと悔しさが体中で爆発するように溢れ返り、神父らしからぬ荒い言葉が口から噴き出す。

その怒りのまま、可以は大股に祭壇へ近づくと、その正面や脇の装飾になっている花模様の彫刻を指で確認する。そして探り当てた飾りの中に埋もれている小さなスイッチを順に四つ、手早く押していった。

すると、ふっ、と祭壇の飾りの部分がわずかに前に浮き出るように動く。

可以はそのまま、その部分を前へ引っ張り出した。

赤いビロードが張られた大きなトレイのような感じだ。中がいくつかに仕切られ、それぞれに武器が収められている。

リボルバーの拳銃と銀の弾丸。銀のナイフ。サーベルのような剣。長く太い銀の針。

そして、カッツバルゲルと呼ばれるS字の鍔《つば》がついた剣が、大小の二本。

かつて可以が狩人《シャスール》だった頃、使っていたものだ。

『うおーっ、ハリウッドのスパイ映画みたーい』

横からのぞきこんだヒースが、わくわくと歓声を上げる。

可以はテキパキといくつかの武器を身につけると、引き出しを元にもどし、立ち上がった。

どうやらその間に、真凪がクレイに大まかな状況を説明していたらしい。

可以を向き直り、申し訳なそうに真凪があやまった。

「椰島神父、すみません、私は同行できないのですが…」

「ああ、わかっている」

ピシャリと可以は返した。

真凪には真凪の任務《にんむ》があるのだ。

「代わりと言っては何ですが、私がご一緒してよろしいでしょうか、椰島神父？」

と、クレイが丁寧に頼んでくる。

「一般人を巻きこむわけにはいきませんよ」

眉を寄せて、可以はきっぱりと言った。

「一般人ではありませんから。ご心配なく」

それにクレイが、意外と不敵に微笑む。

『そいつは吸血鬼ハンターだ。連れてけばいい。邪魔にはならないさ』

ヒースが後ろからどこかのんびりとした声を出した。

——吸血鬼ハンター？　ならば、ヒースは狩られる立場ではないのか？

いまいち、ヒースとクレイの関係性がよくわからない。

さっきも小競り合いをしていたようにも見えるが、単に遊んでいたようでもある。

謎は多かったが、今はいろいろと迷っているヒマはなかった。

「あなたの面倒は見られませんよ」

それだけ言い捨てるようにして歩き出した可以に、クレイが足並みをそろえる。

「ええ。足手まといにはなりませんので」

ちらっと、可以はその男を横目にした。

まったく普通の……普通以上に血なまぐさい世界には縁なさそうだったが、ヒースが言うのであれば、それなりに使えるのだろう。

「僕の車にどうぞ、神父様。大回りですが、歩くよりは速い」

どうやらクレイは自分の車で来たようだ。その言葉に甘えることにする。

大学外の信徒も教会へは足を運ぶので、教会のそばには外から入れる通用門がある。外の一般道を走ってまわりこみ、図書館に一番近い門の前で乗り捨てた。

キャンパスの中を走れば、おそらく車のエンジン音が耳ざとい連中に届いていたかもしれないので、むしろ外回りが正解だ。

「明かりがついている…」

塀越しに図書館の前を通り過ぎた時、一瞬、光が見えた。

週末のこの時間、すでに閉館しているはずだった。そうでなくともこの週末は、何かの点検作業で臨時に閉館だったように思う。

可以はそっと校内へ入りこみ、慎重に図書館へ近づく。

外から見る限り、明かりが見えるのは一階の自習室の片方だ。何かを反射しているような、ちらちらとした光だった。壁側のガラスは、シェードが下りているらしい。

さすがに中の状況がまったくわからないまま、無謀につっこむことはできなかった。

相手の人数も、ディディがいるかどうかの確認もとれていない。

――どうする…？

あせる気持ちをなだめ、可以は少し考えた。

他に外から見られる場所は……天井しかない。可以が図書館の自習室を使ったことはなかったが、確か上はガラス張りだったと思う。

正面入り口のあたりで体勢を低くしたまま、可以はそっとクレイを振り返った。

「上に上がります」

半円形に突き出している建物を指で示して言った可以に、クレイがうなずく。

「私は他の入り口を探して、中へ入れるかやってみます。そちらから自習室の様子がわかるかもしれない」

それがいいだろう。二人そろって見つかっても間抜けだ。

お願いします、と短く言って、素早く分かれる。

可以は半円の周辺をまわり、屋根へ上がれるポイントを探した。結局、本館の方の窓からよじ登って二階へと上がり、そこから屋根伝いに自習室の方へと下りていく。

自習室の屋根は、格子状の梁《はり》が美しく組まれた上がすべてガラス張りになっている。

端の方から中をのぞきこもうとして、ハッと、肩越しに背中を仰ぎ見た。

まばゆいほどの月明かりが降り注いでいる。

大きな月が背中に落ちてくるようだった。明日が満月だ。

吸血鬼たちには恵みと活力の月光だ。

ディディにも味方してやってくれればいいが…。

内心で祈るように思う。

とにかく、この月を陰らせないように注意しなければならない。それで中の誰かに気づかれたら終わりだ。そうでなくとも、いろいろと敏感な連中なのだ。

可以はそっと、建物の端から上半身を落とすようにして中をのぞきこむ。

見えた。全景ではないが…、五、六段ほどの低めの書架が階段状に少しずつ高い場所へと整然と並ぶ中、タキシード姿の男たちが何人もいるのがわかる。その書架をテーブル代わりにもたれ、にやにやと全員が一方を見ているようだ。

その視線の先を追うと、中央の一番低いフロアにある自習用の机とイス——そのちょうど真ん中に、大黒柱ともいうべきひときわ大きな柱が天井まで伸びていた。

そしてその前の床に、ディディが転がされていた。

ハッと、無意識に可以は身を乗り出し、あわてて身体を沈める。

ドクッ…、と心臓が痛いほど激しく鳴った。

どういう流れなのか、ディディもタキシードを身につけていたようだが、すでに上着は脱がされ、ズボンも引き下ろされて、下着とシャツだけにされている。

そしてその両手が、ネクタイのようなもので頭上に拘束されていた。表情は見えなかったが、必死に身体を丸めるようにしている。

そしてその横に立っていたのは――風間だった。

例によって朗らかな笑みで、ディディの身体をいたぶるように足で転がし、仰向けにしている。

怒りが頭のてっぺんから突き破りそうだった。

一瞬、飛び出しそうになった自分を、可以は必死に抑える。

そして、今いる自習室の天井を大きく見まわした。

一番端の部分が、緊急時の換気用なのか、作業用なのか、窓のようになっていて、人が入れるほどの隙間ではないが、外から開けられるようだ。

本館の壁を垂直に移動するようにして、なんとかそこまで行き着くと、力をこめて少しだけ、窓を開いた。大きく開きすぎると、中の空気が揺れて気づかれてしまう。

しかしそれだけでも、中の声は聞こえてきた。

「……意外と頑固なんだね、ディディ」

楽しげな風間の声が聞こえてくる。

「たった一本、迎えを頼む電話をかければいいだけなのにね」

——迎えの電話…？　誰にだ？

いや、普通、迎えを頼むのは家人であり、ディディの場合、自分しかいない。

——俺を、呼び出したかったのか…？

なるほど、とその狙いはわかるような気もした。

「同族にこんなものを使いたくないんだけどね…」

風間が合図して誰かに——いや、あれは名倉だ、テーブルクロスのような白い布に畳まれたものを持ってこさせている。中はナイフのようだ。

可以はわずかに目をすがめた。

ただのナイフをそれだけ厳重にくるんで運ばせるということは、銀——かもしれない。

自分がうっかり触らないように、なのだ。

ほら…、と風間が邪険に足でディディの肩を踏みつけ、押さえこむ。

そして胸元から、そのナイフをすべらせてシャツを縦に切り裂いた。

「あ…あ…、あ…っ…、——あぁぁぁぁ……っ！　あぁぁぁぁ…っ！　痛い…っ、痛いよ……っ！

――いやぁぁぁ……っ！　やめて…っ！」

ディディが涙でぐしゃぐしゃにして泣き叫んでいる。

風間が無造作にシャツをナイフの先で左右にはだけさせると、ディディの肌には縦に赤く、みみずばれのような火傷の痕が残っていた。

「い…たい…っ…、痛いよ…っ…！　……うっ…ぁ…、うう……っ」

風間が足をどけると、ディディが痛みでごろごろと床をのたうつ。

可以は思わずきつく、拳を握りしめた。

普通に人間でも火傷は痛いが、おそらく吸血鬼にとって、銀で負う火傷は自分たちの想像以上なのだと思う。

「電話、してくれるかな？」

風間がディディの喉元を靴で踏み潰し、目の前に携帯を吊り下げて見せた。

苦しげなあえぎ声と、涙を溢れさせながら、ディディがうつろな目でそれを見つめる。

それでも、ぶるぶると首を振った。

「し…ない…っ。ぜっ…たい……、しな…い…っ、から…っ」

歯を食いしばるようにして、ディディは嗄《か》れた声を絞り出す。

ハァ…、とあきれたように風間がため息をついた。

「……困ったな。どうです？　ここにいるお仲間に順番に犯してもらえば、少しは協力する気になりますかね？　ええと…、二十三人かな？　吸血鬼の体力がどこまでもつのか、ちょっと興味もありますし。でも最後の方は、可愛いお尻の穴もガバガバになっちゃうでしょうけどね」

　そんな風間の残酷な物言いに、いくつか下卑《げび》た笑い声が響く。

「そのガキ、神父に媚《こび》を売ってる裏切り者ってことなんだろ？　やり潰したあとで、教会の十字架にぶっ差しておけばいいんじゃないの？」

「いいねぇ…。それでも死ねないんだよね？　銀じゃなきゃ。ただ苦しいだけなんだよなぁ」

　そんな飛んでくる声に微笑んでうなずきながらも、風間が思いついたように言った。

「ああ…、でもせっかくの若い精ですからね。ぜひ女性にお相手してもらって、種を残さないともったいないかもしれません。我々は純血種の数を増やすことが急務ですし」

「両方やればいいだけじゃないかな？　効率的にね。僕たちがその子の尻を使ってる間、ご婦人方に前を可愛がってもらえばいい」

　そんな提案に、キャーッ、とはしゃいだ女の声がいくつか上がる。

「そうですね。そうしましょうか。……さて、何人目で音を上げますかねえ？　正直、あまりのんびりしている時間はないんですけど」

　風間が拘束したディディの両手を引っ張り、手荒にその身体をうつ伏せにする。

　そして顎を振るようにして、近くの男を一人、呼び寄せた。

「まぁ、最初は後ろでくわえてもらって慣らしましょうか。前が反応するようになったら、ご婦人においでいただきましょう」

近づいた男がディディの腰をつかみ、膝で立たせる。そして無造作に下着を引き下ろした。

もう抵抗する気力はないのか、それでもディディが肩でしゃくり上げる。

その髪がつかまれ、顔が強引に前を向かされた。

「ああ…、こっちの口が淋しそうですね。じゃあ、待っている間、私のをおしゃぶりさせてあげてましょうか？」

風間がにこやかに、優しげに言うと、自分のズボンのファスナーに手をかけた。

後ろの男はすでに自分のズボンをなかばずり下げ、取り出した先端をディディの谷間にこすりつけている。

――限界、だった。

「ふざけるなよ……！」

その場で立ち上がった可以は、躊躇なくガラス張りの天井を走った。

当然、中の男たちにその音は響いているはずで、怪訝そうに天井を見上げているのがわかる。

ディディのいる真上あたりで立ち止まると、すかさず腰につけていた拳銃を構える。

足を踏ん張り、ディディにはあたらないようにしっかりと逸らして、立て続けに三発、ぶっ放した。

銀だったが、なんとかガラスは割れてくれたらしい。

さすがにあせったように、うわぁっ、と中から悲鳴が湧きあがる。

割れたガラスを蹴り飛ばし、踏み抜くようにして、可以は中へ飛び降りた。

いったん天井の梁に片手をかけ、さらにテラスのように突き出した部分まで一気に身体を落とす。

「あそこだっ！」

叫んだ声に向け、身体をひねると同時に、可以は引き金を引いた。

発射音とともに、うわぁぁぁっ、と苦悶の声が上がる。心臓ではなかったかもしれないが、腕かどこかに命中したらしい。

「おいっ、そのガキ…！」

さらに、あわててディディの身体を引きよせようとした下半身丸出しの男に向けて、可以は上から立て続けに乱射した。

「なっ…、よせ…っ！　やめろぉ……っ！」

悲鳴を上げた男だが、肩、腕、そして一発は心臓にあたり、床へ倒れたかと思うと、風に飛ばされるように掻き消えていく。

空になった銃を投げ捨てると同時に、可以はそこからようやく床へと着地した。

「か…可以……？」

ディディが涙に濡れた目を大きく見開く。

「だ…ダメだよっ！　どうして……？　来ちゃ、ダメだ…っ」

泣きながら、喉を潰すような勢いで必死に叫ぶ。

しかしかまわず、可以はディディの半歩前に立つようにして背中にディディをかばい、風間と向き合った。まっすぐに銃口を男に向けたまま。

「きさま…、監察官だなどと、ずいぶんな詐称《さしょう》をしてくれたものだな。ずうずうしすぎるだろ」

まっすぐに男をにらんだまま、皮肉な笑みを作る。

気がつかなかった自分もバカだった——、とは思う。

だがまさか、吸血鬼が神父の、しかも監察官のふりをしているなどと、想像したこともなかった。普通の状況で、そうする意味もない。

そう、考えてみれば、監察官が自分から身分を明かすなどということは、通常はない。その時点で疑うべきだった。

しかし実際、派遣はあったようにも聞いていたのだ。

そんな可以を見て、風間が低く笑う。

「そうか…、呼び出してもらうまでもなかったようですね。手間が省けましたよ。しかしどうして、ここがわかったんです？」

風間がちょっと首をかしげる。

「吸血鬼臭がダダ漏れだったらしいな」

意味はわからなかっただろうが、可以は正しく説明してやる。

あのクレイという吸血鬼ハンターだか、吸血鬼レーダーだか知らないが、なかなか希有な能力だ。

教会でスカウトしたい。

「監察官は…、どうした？」

「派遣はされたはずだよ。……途中で不慮の事故に遭ったんじゃないかな？」

予感もあって低く確認した可以に、風間はとぼけたように答える。

では、殺されたのか。

可以はわずかに目をすがめた。

「椰島神父。あなたがここにいるということは、今、教会は桐生神父が一人で留守番をしているということかな？」

にやり、と風間が確認する。

「だ…、ダメだっ、可以！　こいつら、教会を襲う気だからっ！　復活させたらダメなんだろっ!?」

あせったように背中でディディが声を上げる。

しかし可以は、風間から目を離すことはできなかった。

一瞬でも離せば、喉笛にナイフを突きつけられかねない。

「ディディ！　黙れっ！」

ただ叱りつけて、黙らせるしかない。

ハッと、ディディが口をつぐむ。

唇の端で男が笑い、片手を上げて合図した。

「大羽《おおば》、打ち合わせ通りだ。三チーム連れて教会へ行け」

やはり可以から視線を逸らさないまま、命令を出す。

「りょーかい。こっち、大丈夫なのか？」

大羽と呼ばれた男なのだろう。聞きながらもさして心配しているようではない。

「こいつ一人だ。問題はない。片付けたらすぐに行くから、私が行くまで決定的な瞬間は待っていてくれよ？」

「ああ、わかってる。心配するな」

軽快なそんな会話を交わし、行くぞっ！　という号令で、ざわざわと十五、六人だろうか、一気に自習室から男たちの姿が消えた。

閑散《かんさん》とした空気になったが、それでもまだ七、八人は残っている勘定だ。

そのうちの三人ほどは、どうやら風間の直属のボディガードという役目らしい。

位置的にすぐに守りに入れるような立ち位置だった。

そして、女の吸血鬼も三人ほど。

「さっさと片付けて、あっち、見に行きましょうよ…」

女の甘えるような声が聞こえてくる。

「先に行っててていいよ」

風間の返した声で、女たちが相談し、「私、残ってるわ」と言った他の二人が先に向かったらしい。

「……さてと。少し静かになったね」

風間が例の、人のよさそうな笑みを浮かべてみせる。

「可以……」

心配そうに、後ろでディディが小さく声を出す。

どうやら縛られていた両手は、歯を使ってなんとか外したらしい。

「傷は大丈夫なのか？」

後ろも向かないまま、可以は尋ねる。

「う、うん…。治るの、早いから……、大丈夫」

そう。だが痛みがないわけではない。

「おやおや…、ずいぶんと優しいね、神父様」

そんな様子に、風間がくすくすと笑う。

「本当に不思議な関係だよ、君たちは…。ディディが…、神父様のマスターなのにねぇ？」

いかにもな風間の言い方に、可以は思わず息を吸いこんだ。

え…？　と、後ろでディディがつぶやく。

「何、言ってんの、この人？」

まるで意味が通じないようだ。無理もない。

「これは神父様、いけませんね。正直に話してないのかな？　つまり、ディディはずっと、あなたに騙されていたことになるじゃないですか」

　風間が朗らかに声を上げてみせる。

「騙されてたって…、なんで？　俺がマスターって、どういうことっ？」

　不安そうに、混乱したみたいに、ディディが聞き返す。

「ディディ！　聞かなくていいっ」

　ピシャリと可以は言った。

　しかしそれに、風間が耳障りな笑い声を立てた。

「笑わせてくれますね…、神父様。あなた、ディディにそんな命令ができる立場ですか？　あなたが下僕のくせに？」

　さらにせせら笑う。

「まあ、そんなこと、知られたくはないでしょうけどね。今までさんざん、ディディを顎で使ってきたようですから」

　そしてわずかに顎を上げ、ディディに向かってはっきりと言った。

「ディディ…、君は神父様のマスターなんだよ？」

「そんなの…、あり得ないよ。だって俺、可以の血を吸ったことなんてないし。の、飲ませてもらってるけど…、でもそれは違うだろっ!?」

　あせったようにディディの声がうわずっている。

「飲ませてもらってる？　またずいぶんとお人好しだな…。そんなものじゃない。君が命じれば、神父様は体中の血を君に差し出してくれるはずだよ？」

「だからっ！　俺っ、可以の血なんか吸ったことない！　噛みついたことなんかないからっ」

泣きそうになりながら、ディディが叫ぶ。

「あるんだよ」

しかしピシャリと風間が言い切った。

ふっ、とディディが息を吸いこむ。

「二歳の時にね。君の家が火事になった時。母親が死んだ時だね」

「に…、二歳……？」

呆然とディディがつぶやく。当然、覚えているはずもない。

「火事の家から、神父様が君を助けたそうだよ。その時に噛みついたんだねぇ…。記憶にはないかもしれないけど」

「俺…、可以のこと、噛んだ……の？」

「吸血鬼の本能としては優秀だよ、とても。そして君の父親は君を探して神父様の家に行き――」

「――やめろっ！」

続けてしゃべり出した男を、可以は怒りに満ちた声でさえぎった。奥歯をグッと噛みしめる。

「彼には知る権利があるよ。もう二十歳なんだし。……ねえ？　ディディ」

「俺の父親が…、どうしたの…？」

震える声でディディが尋ねている。

「ディディ！」

可以は叫んだが、かまわず風間は続けた。

「君の父親は君を探して神父様の家に行き、神父様のご両親を惨殺したんだよね。そして君の父親は、駆けつけた桐生神父に殺された。……そういう流れでしたよね？　確か」

「俺の父親が…、可以の両親、殺したの……？」

背中でディディが荒い息をついている。

可以は息を詰め、男をにらみつけた。

そして、次の瞬間——。

「——ハァァァァ……！」

ボタンはとめずにはだけさせていたスータンの裾から剣を一本、引き抜くと、可以は男に襲いかかった。

大きく振りかぶった剣を鋭く振り下ろすが、風間はするりとそれを避ける。

次の瞬間、大きく伸びた風間の爪が可以の喉元をかすめる。

「——つっ…！」

反射的に、可以は跳び退った。

ふっ、と風間が口元で笑った。そして次の瞬間、ボディガードらしい一人が強引に割って入った。

可以の剣を握る手首が、吸血鬼の豪腕でがっちりとつかまれ、身動きとれなくなる。

その隙に、横から別の男が近づいた気配に、可以は強引に腕を振りまわすようにしてわずかに角度を変え、腕をつかんでいた男の腹を蹴り飛ばした。

ぐおっ！　と、男がもう一人の男を巻き添えに後ろへ吹っ飛ぶ。

そんな間にも、風間はディディに向かって勝手に語りかけていた。

「神父の血はおいしいのかな？　うらやましいね。私も一度、味わってみたいものだよ。死んだ男のものなら飲んだことがあるんだけど、やはり生き血でないとね……」

歌うように軽やかに風間が口ずさむ。

「黙れ！」

可以は叫んだ。

ちらっと横目で確認したディディは、衝撃が大きかったせいか、真っ青な顔で床へすわりこんでいる。両方の耳を手の平で塞ぐようにして。

くそっ…、と内心で叫ぶと同時に、もう一人、背中から襲ってきた男を、振り向きざまに投げつけた三本の銀針で串刺しにした。

「うわぁぁぁぁ……っ！」

顔に二本、喉元に一本が突き刺さり、絶叫を上げた男の身体はしぼむように小さくなって、まもなくボロボロと細切れになって消えていく。

それを見てさすがにあせったのか、風間が遠くからディディに大きく呼びかけた。

「ディディ！　神父様をとめるんだ。君の命令なら何でも聞いてくれるはずだからね。君の下僕だから、君の好きなように使えるんだよ？　心も身体も、全部君のものだ」

猫なで声でささやくように、風間がディディを誘っていた。

「い…いやだよっ！　俺はっ、可以に命令なんかしたくないっ」

しかしディディが悲鳴のような声を上げて拒否する。

それにいらだったように風間が舌打ちした。

「まったく、使えないガキだな…！　吸血鬼のくせに恥さらしがっ」

吐き出すように言った風間は腕を伸ばし、ディディの首を締め上げた。

「なっ…、う……」

苦しげにディディが男の腕の中で暴れ、必死にかきむしる。

「ディディ！」

思わず声を上げ、とっさに可以は助けようとしたが、素早く別の男が目の前に立ちはだかる。

スレンダーで、さほど腕力がありそうな外観ではないが、男はものすごい力で横の書架を押し倒し、可以の行く手を塞いだ。

「それ以上、動くな！　このガキが死ぬぞっ」

ディディの首を絞めたまま、風間が刃物のように長く鋭い爪を、ディディの喉元へ押し当てた。

剣を握ったまま、可以は立ちすくむ。肩で大きく息をつく。

「武器を捨ててもらおうか、神父さん」

いびつな笑みを口元に浮かべ、風間が傲慢に要求する。

「早くしろっ！」

横の男もいらだったように叫んだ。

可以が剣を手放せばすぐにでも距離を詰められ、殴り倒される。

「死にはしないだろう？　ディディも吸血鬼だ」

静かに可以は指摘する。

「そうだな。死にはしないかもしれないね。代わりに、死ぬほどの激痛を与えてやろう。内臓をえぐり出し、心臓を握りつぶしてね…！」

残忍な笑みを浮かべ、風間が長い爪の先をディディの肌にすべらせていく。

ゾッ…と背筋が凍った。

可以が武器を手放せば、二人とも殺されるだけだとわかっていた。

それでも、手放すしかない。

可以が肩で息をつき、剣を右の指に引っ掛けて、そのまま落とそうとした時だった。

「アァァァ――――…ッ！」

いきなり二階の手すりを飛び越え、男が一人、剣を真下に握ったまま、風間の頭上に落ちていく。

――クレイだ。

ハッと天を仰いだ風間が、あわてて転がるように避けた。

と同時に、ディディから腕が離れる。

「ハァ…ッ！」

瞬間、手首をまわして反動で持ち上がった剣を握り直すと、可以は横一線に薙ぐように剣を振り抜いた。

横にいた男は風間の方に注意が取られており、おそらくは何が起こったかもわからないまま、悲鳴を上げるまもなく身体が二つに離れた。血しぶきが舞い、しかしその身体は床へ落ちる前に塵のように飛ばされている。

「な…なんだ⁉　きさまは…っ？」

風間がひっくり返った声を上げた。

それにクレイが長い髪を払い、姿勢よく立ちはだかって答えた。

「通りすがりの聖騎士ですよ。縁があって、椰島神父のお手伝いをしています。……吸血鬼を駆逐するのは家業ですので、どうかあしからず」

軽やかにそう断ると、口上の間に忍び寄っていた背後の男を振り返りざまに切り倒し、こっそりと逃げ出そうとしていた別の男を、書架の上へ跳び上がり、飛び石のように別の書架へと軽やかに移ってあっという間に追い詰める。

「おまえ…っ、何者だっ!?」

顔を引きつらせた男がクレイの足を止めようと、とっさに乗っていた書架を蹴り倒す。

「だから騎士ですよ」

さらりと答えながら宙を一回転して後ろの書架へ移ったクレイは、書架の間にある階段の手すりを蹴って、男の頭上から躍りかかった。

するり…、と手にしていた細身の剣で、首筋から心臓を貫く。狙い澄ました場所だ。

剣を引き抜くと同時に、大きく跳び退って離れると、一瞬硬直した男の身体が四散するように空気に舞い散る。

なるほど、吸血鬼ハンターもダテではないな…、と感心する。

が、めぐらせた視線の先に、風間が二階の書架へと走り抜けているのがかかり、可以はとっさに自習机を蹴り、大黒柱に飛び移ると、片腕をまわした反動でそのまま二階へと飛ぶ。

「待てっ、風間…っ！」

しかし追おうとしたその前に、小さな影が立ちふさがった。

可以はふっと眉を寄せる。肩で大きく息をついた。

「名倉…、君はあの男に血を吸われたのか？」

じっとその教え子を見下ろして、静かに尋ねた。

「吸っていただいたんですよ。私の望みです」

まっすぐに顔を上げ、名倉が言い切った。

「バカな真似を…」

思わず苦渋の声がもれた。

自分で自分の首を絞めるようなもの。それこそ、死刑執行書にサインするようなものだ。

「なぜです？　あなたも下僕なのでしょう？　神父様」

微笑んだ名倉に、可以は無表情のまま、ピシャリと言った。

「私は狩る方だ」

そして次の瞬間、可以の右手が軽く揺れるように動く。

剣が一閃し、微笑んだ表情のまま、名倉の身体が散り散りに飛び散った。

黙禱《もくとう》するように、可以は一瞬、目を閉じる。

「残念だな…、君は優秀な学生だったのに」

小さくつぶやいて、可以は急いで風間のあとを追った。

「そこまでだっ！」

距離を詰め、可以自身が破った窓から逃げられる前に、可以は銀の針を放つ。

とっさに避けられたが、足止めにはなったようだ。

舌打ちし、風間が手すりを飛び越えて下へ逃れる。

可以もすぐにあとを追った。

と、一瞬、書架の陰で男の姿を見失った——と思った次の瞬間、上を乗り越えてきた男が、可以のうなじのあたりを伸びた爪でかすめていく。

「く…っ」

危うく身体をひねった可以は、その硬く長い爪を剣に巻きつけるようにして振り払う。

「ハァァァ…ッ！」

逆らわずに飛んだ男の身体が、横の柱をクッションに再び迫ってきた。

「死ねっ！」

鋭い気合いとともに、伸びた爪が喉元へ入り、かわしたタイミングで、予期していたように男の肘を腹に食らう。

ぐぁっ、と濁ったうめきとともに可以の身体が吹っ飛び、後ろの書架へ激突した。

その機を逃さず、男の蹴りが首筋を襲う。

可以はとっさに、剣と腕とを組んでその衝撃を抑えこみ、押し返すと同時に反撃に出た。

速いスピードで男の身体書架へ追い詰める。

「覚えておけ。ギルモアの復活は……決してない」

静かに言った可以に、風間の目が憎悪に燃え上がった。

「そんなことはないっ！　今頃はあの連中が…！」

声を上げた風間に、可以は大きく右手の剣を振り上げる。

が、片腕でかわし、押し返そうと、風間はその手を押さえこんだ。

――瞬間。

「残念だったな」

可以は低く、吐息で笑った。

と同時に、スータンの下へすべりこんだ左手が、もう一本の剣をつかむ。

剣の刃先が、なめらかに男の心臓に吸いこまれた。

え？　と何が起こったのかわからないように男の表情が止まり、その視線がゆっくりと自分の胸へと落ちて、そしてその身体がぐったりと書架へ倒れかかる。

床へ崩れ落ちる寸前、無数の紙屑《くず》のように風間の身体は飛び散った。

ふぅ…、と肩で大きく息をつく。

「だいたい片付きました？」

まるで波頭みたいな書架をいくつも隔てた向こうから、快活にクレイが確認してくる。

「そうだな。助かったよ、感謝する」

「どういたしまして。吸血鬼が相手でしたら、先祖代々、僕の仕事でもありますから」

朗らかに微笑んだ。

会話をしながら、それぞれに部屋の中央のあたりまでもどった。

ディディの方へ行こうとして、ふと、背中に小さな羽ばたきを耳にする。

振り向きざま、可以は銀針を飛ばした。

と同時に、どうやらクレイもナイフを投げたようだ。風間が持ちこんでいた銀のやつだ。

コウモリが一匹、針とナイフの両方を胸に受けて、壁に張りつけられていた。

どうやら、こっそりと逃げ出そうとしていた女の吸血鬼のらしい。

やがてその姿も、形が崩れるようにして消えていく。

ようやく可以は、床にすわりこんだままのディディに向き直った。

「ディディ」

しかし正直、何を言えばいいのかもわからず、可以は膝をついたまま、ただそっとディディの涙に濡れた頬に触れる。

ビクッ…、とディディが顔を上げた。そして顔をくしゃくしゃにして訴える。

「どうして……、言って……くれなかっ……」

嗚咽《おえつ》でまともな言葉になっていない。

「可以が……俺…助けてくれたのに…、俺、可以のこと…、噛んだ…だよね…？　それで、俺の父さんが…、可以の家族……殺し……」

最後まで言葉にならず、顔を伏せて全身を震わせた。

「ごめんなさい…っ、ごめんなさい、ごめんなさい……っ」

ただそれだけで号泣する。

「あ…あやまっても…、許して……もらえ…な……けど…っ」

可以は目を真っ赤にしたディディを、静かに見つめた。

許せる、とは言えないのかもしれない。

だがそれがディディの責任でないことはわかっていた。

責任があるとすれば自分で――しかしあの時、自分に他の選択肢があったかどうかもわからない。

「俺の…こと…、ずっと憎んでたんだよね…？」

うつろな顔で、ディディが聞いてくる。

可以には答えられなかった。

自分でもわからないから。憎んでいた時も、確かにあったのだろう。

「俺……、ど…すれば……いい…の…っ？　可以は……俺のこと……、きらい……なのに……、一緒にいちゃ……」

慰めればいいのか。違う、と一言、言ってやればいいのか。

だがディディが納得できなければ意味はないし、可以自身――すべてを許してしまうのは、両親に対して申し訳ない気もする。

ただ――。

失いたくないと思った。手放したくない。他の誰にも譲れない。

ずっと、縛りつけておいてもいいのか…？　と、すら思ってしまう。

その復讐が許されるのなら。

「ディディ、それは違うよ」

と、ふいにクレイが口を開いた。

え？　と、初めて別の人間がいることに気づいたみたいに、ディディがほうけた顔を上げる。

しかもディディにとっては、おそらく初めて会う人間だ。誰なのか、どうしてここにいるのかも、わかってはいないだろう。

しかしかまわず、クレイは言葉を続けた。

「人間は複雑なものだからね。憎んでいたとしても、嫌いにはなれない。どれだけ憎むべき相手だったとしても、愛しく思うことはあるんだ」

わずかに息を呑み、ディディが瞬きする。

「僕は会ったばかりで君たちのことはほとんど知らないけど…、でも君はもうずっと長い間、神父様と一緒にいるんだろう？　だったら、君にはわかるはずだよ。君がどう感じているかがすべての答えだ。今まで…、椰島神父に与えてもらったものをね」

ディディが薄く口を開けてじっとクレイを見つめ、そしてハッと、可以に視線を向けてくる。

「俺…は…、可以といて……幸せ、だった……から……。ごめんなさい…っ」

「ディディ」

可以は泣き続けるディディの頬を撫で、そして髪を撫でた。

そして大きく息を吐く。

「帰るぞ」

短く言って、立ち上がった。

ディディがビクッと、弾かれたみたいに可以を見上げてくる。

「一緒に…、帰って……いい、の……？」

「他のどこへ行く気だ？」

いくぶん冷たい可以の言葉に、しゃくり上げ、必死に息を吸いこんで、なんとか涙を止めようとしながらようやくディディが立ち上がった。

そのシャツはボロボロに破れ、下はパンツ一枚という情けない格好に、可以は思わず眉をひそめる。

「帰ったら…、お仕置きだな」

えっ？　とディディがとたんに落ち着きなく視線を漂わせる。

「勝手に飛び出して、こんな格好をさせられたんだ。当然だろう」

しかも恥ずかしいところを見られて、触られてもいた。確か。

「あの…、だって……それは……」

あわてて、ディディが言い訳をしようとする。

泣いている顔はちょっと苦手だが、泣き出しそうな顔は気に入っている。困っている顔も。

もちろん、感じて恥ずかしくて、涙目の顔も。

――いじめ甲斐は、ある。

きっと、手間をかけて育てた分だけ。

◇　◇

教会へ帰ると、真凪とヒースがのんびりと待っていた。

そういえば…！　とディディはあせったが、どうやら「教会の地下の封印」というのはフェイクだったらしい。

いずれ封印を解こうと残党どもがやってくることは目に見えていたので、もう十年前から、この教会の地下、ということにしていたのだ。

そしてそこへ吸血鬼たちをおびき寄せ、一気に殲滅《せんめつ》させる。

うかうかと教会へ現れた吸血鬼たちは、見事にその罠に落ちたわけだ。

この間からの工作も、どうやらそんな罠をいくつも作っていたらしい。銀の剣山みたいなのが落ちてくるヤツとか。

吸血鬼の立場から言わせてもらうと、本当にゾッとしない。

『まあ、おまえが本気で教会の地下だと信じてたから、連中もうまく乗ってきたんだと思うよ』

相変わらずの猫姿で、ヒースがにやにやと言った。

そう、ディディ自身、騙されていたわけだ。

「……え、じゃあ、本当に封印されてる場所ってどこ？」

思い出して尋ねると、真凪と可以がちょっと顔を見合わせた。

「実は…、図書館の下らしいんですよ」

苦笑するように、真凪が答えた。

え？　とディディは絶句する。

「十年前、あの図書館が建て替えられたのはその件があったからみたいですね」

つまり風間たちは……ずっとその上でバタバタやっていたわけだ。

それにしても、と可以がめずらしく渋い顔でため息をついた。

「カンが鈍ったな…。あの男が吸血鬼だと気づかないとは…」

可以にとっては、どうやら痛恨事らしい。

『仕方がないさ。追う者と追われる者、吸血鬼と狩人は匂いが似てくる。ちょうど、ヤクザとマル暴みたいな感じだな』

「監察官だと言っていたがな。……くそったれ」

思い出しても腹立たしいようだ。

『似たようなもんさ』

「ドラマの見過ぎですよ」

ヒゲをピクピクさせて言ったヒースに、渋い顔でピシャリと真凪が叱る。

『ホントだもんー。警察24時とか、ドキュメンタリーも見てるもんー』

「そのたとえがドラマの見過ぎだと言ってるんです！」

……また怒られてる。

まあ、いつものことなのだろう。

騎士団？　吸血鬼ハンター？　のクレイは、お茶を飲んで帰っていった。

あらためてよく見ると、ディディは彼のことは知っていた。一方的に、だが。雑誌でよく見かけるのだ。

いい人で、気が合いそうな感じだった。ちょっとめずらしいバックボーンがあるみたいだけど、まだそれはくわしく聞いていない。

「ディディはモデルやったらどうかな？　可愛いし、人気出ると思うよ。あ、僕の事務所、紹介するよ？」

そんなふうに勧誘して帰ったのだが、……保護者の許可を得るのは、ちょっと難しいかもしれない。

長い一日がようやく終わって、ディディにとっては泣きすぎるほど泣いた一日で、ちょっと放心状態だった。

今までと変わらない可以の様子がうれしくて……ちょっと不安で。

自分の罪を知ってしまったディディは、どんなふうに可以の顔を見たらいいのかわからなくなる。

可以は自分が噛まれたことや、両親のことを言わなかったのは、ディディが自分を責めることがわかっていたからだよ——、と、真凪が言っていた。

そうなんだろう、とディディも思う。

ディディが余計な重荷を背負わないように。

吸血鬼としての発現？　はまだないみたいだし、でも、ディディとのセックスは——必要みたいで。

いつもより遅くなって、風呂に入ったあと、ディディはそっと可以の部屋をノックした。

返事を待って中へ入ると、さすがに今日は仕事はせず、すぐに寝る体勢だったようだ。

ベッドに腰を下ろし、タオルで髪を乾かしている。

……やっぱり、疲れてる、よな……。

「どうした？」

と冷たく聞かれ、でもそう思うと、ちょっと口に出しにくい。

それでもおずおずと言葉を押し出した。

「あの…、お仕置き……って」

「なんだ。して欲しいのか？」

相変わらず意地悪く、可以が唇で笑う。

「ち、違う…っ」

……んだけど、違わない、というか。

かあっ、と耳まで熱くなる。

「まだ十三日じゃないしな。月一回じゃ、我慢できなくなったのか？　カラダの方はともかく、血は何度もやれないぞ？」

クギを刺され、ディディはぷるぷると首を振った。

「血はっ、大丈夫だからっ」

「なるほど？　カラダの方が大丈夫じゃないわけだな」

言葉尻をとられて指摘され、早くも涙目になりそうだ。

「来い」

それでも短く言われて、ディディはうかがうようにベッドへ近づく。

腰が引きよせられ、そのままベッドへ転がされた。

両手がつかまれ、シーツに縫いとめられて、……じっと、上から見つめられる。

「か…い……？」

どうしたんだろう？　という不安みたいなものでうかがうように尋ねると、可以は吐息で笑って、そっと親指でディディの唇を撫でる。

そして、唇が重ねられた。

隙間を割って舌先がすべりこみ、中を掻きまわされて、舌が絡められる。付け根のあたりまで、舌先でこするみたいにしていっぱい味わわれて。それだけで頭がぼうっとしてくる。

気持ちがよかった。

何度も角度を変えてキスを繰り返しながら、気がつくと可以の指がディディのパジャマのボタンを全部外していた。

「可以って…、うまいよね……」

思わず、そんな感想が口からこぼれてしまう。

「セックスが?」

可以が低く笑う。

「違うよっ」

「違うのか。つまり、ヘタだと?」

思わず言い返したディディに、さらにねちっこく言い返される。

「えっ?　……あ、ええと、違わないけど…、あの、あれ…、そうじゃくてっ」

自分で言ってて混乱してくる。

「服、脱がせるのがうまいっとことと!　遊び慣れてる証拠だってことっ」

嚙みつくように言ったディディに、可以が吐息で笑った。

「それは濡れ衣だな。ボタンを外すのがうまいのは、毎日スータンの三十三個のボタンをとめたり外したりしてるからだろ」

「えー…」

いかにも疑わしげに、ディディはうめいた。

「疑った罰に、お仕置きがもう一つ増えそうだな？」

にやりと笑って言われ、ゾクッと身体の芯に痺れが走る。

……なんか、やばい。本当にヘンな感じに慣らされそうだ。

可以がパジャマの前をはだけさせ、わずかに目をすがめた。

「もう…、痛くないのか？」

指先でそっと、まだ薄く赤い線みたいに残る痕をたどる。

銀のナイフでつけられた傷痕だ。

「うん…、大丈夫。だいぶ、治ったよ…。シャワーも…、そんなに痛くないし」

治癒能力が高いのは、やっぱりありがたい。

顔を寄せた可以が、その傷跡に逸って、やわらかく舌を這わせた。

「あ…っ、あ…っ、……あぁ……っ」

なめられて、じくじくと痛いような、疼くような、妙な感覚が湧き起こってくる。

ズクッ、と腰の奥にくる刺激だ。

いったん顔を上げて、可以が笑った。

「まだ客がいるからな…。あんまり恥ずかしい声を上げていると、真凪たちに聞こえるぞ？」

「そんな…」

そんなふうに言われると、余計に意識してしまう。知らず、頬が熱くなる。

「恐かったか？」

ふいに静かに聞かれ、ディディはちょっと瞬きする。

そして、うん…、と素直に答えた。

「すごい…、恐かった。あいつらが…、俺の仲間……なんて……」

信じたくない。

「別に仲間じゃないだろう」

あっさりと可以が一蹴する。

「俺を呼べと言われたんだろう？　どうして従わなかった？」

「だって…」

聞かれて、ディディは口ごもる。

殺すために、呼ぶなんて。

答えないディディの頬を、可以が優しく撫でてくれた。鼻先からキスを落とし、喉元から鎖骨へとすべる。

パジャマが全部脱がされ、ズボンも剝がされて、生まれたままの姿が男の目にさらされる。

可以も自分の服を脱ぎ捨て、素肌に抱きしめられる感触がうれしかった。

片方の指が先行するみたいに胸を丸く撫で、追い詰めるように小さな乳首を見つけ出すと、きつく押し潰すみたいにしてなぶり始める。あっという間に硬く尖ってしまった乳首をひねり上げ、爪の先できつく弾かれて、鋭い刺激に顎が仰け反った。うわずったあえぎがこぼれ落ちる。

「あぁ…っ！　あ…、ん…っ」

さらに舌先で唾液をこすりつけられ、きつく指でいじられたあとに甘嚙みされて、腰の奥に一気に放ちそうな刺激が襲いかかった。

もじもじとこすりつけ始めた膝が強引に開かれ、内腿や足の付け根が撫で上げられて、じれったいような刺激に腰が揺れる。片足だけが恥ずかしく抱え上げられ、二本の指で敏感な溝から奥の窄まりまでが何度も、丹念にこすり上げられる。

たまらず、ディディは間欠的な声を上げ続けた。

わずかに腰が持ち上げられ、指先で襞が押し開かれて、カッ…、と全身に火がつくのがわかった。

そこにあたる視線だけでおかしくなりそうだ。

しかし次の瞬間、ぬるりと暖かい感触が触れて、たまらず腰を跳ね上げた。

「あぁぁ……っ、ダメ……っ…、そんな……」

泣きそうになったが、可以の腕は強引に腰を押さえこみ、さらに襞の奥まで味わっていく。

濡れて、感じて、とろとろに溶け落ちた襞が、男の唾液を絡めて恥ずかしく収縮する。

指で押し開かれると、すでに抵抗もなく花開き、男の舌を、指を受け入れる。……いや、本当はもっと深くまで欲しくて、いやらしくヒクついてしまう。

たっぷりと中が掻きまわされ、馴染まされてから、あっさりと指は引き抜かれた。

「あぁ……」

失望に、あえぎがこぼれ落ちる。

「ディディ…、ほら」

喉で笑って、可以がディディの身体を軽く持ち上げると、そのまま体勢を入れ替えてしまった。

可以が下で……ディディが腰の上にのせられる形だった。

「か…可以…っ？」

こんな体勢は初めてで、ひどくうろたえてしまう。

「うしろに欲しかったら、自分で入れてみろ」

そんなディディを見上げて、可以が楽しげに言った。

「えっ？」

正直、初めは言われた意味がわからなかった。

自分で……入れる？

何を、どこに？　と、バカなことを考えてしまったくらいだ。

しかしわかった瞬間、耳までカーッと熱が上ってしまった。

「そんな…っ、そんなこと……っ」

恥ずかしくて、バタバタと首を振る。

「欲しくなければ、別にかまわないけどな」

しかし可以は意地悪く言って、指先で襞の表面を軽くなぞってくる。

あっ…、とディディは腰を跳ね上げた。

さんざんいじられて、すでに熱く潤んでしまっている場所だ。欲しくないはずはない。

「でも…、そんな……どうやって……？」

泣きそうになりながら尋ねると、腰を上げて、と指示がある。

言われた通り、ディディは膝に力を入れ、腰を持ち上げた。続けて言われるまま、片手で確かめた可以のモノはすでに硬く張りつめ…、熱くて。一気にドキドキと激しく心臓が打ち始めた。

「そのまま腰を下ろせばいい」

あっさりと言われて、恥ずかしさをこらえ、ディディは可以のをあてがった部分を意識しながら、ゆっくりと腰を落としていった。

じわり…と身体を割る感覚が生ひどく々しい。ゆっくりと男に浸食されている感じが長く続き、指先までじわじわと何かが広がっていく感じだった。

根元まで入れてしまうと、ディディは無意識に腰を揺らし、締めつけ、たまらなくなって、何度も身体を上下させた。

だんだんと抑えがきかなくなり、いつの間にか夢中でディディは腰を振り立てていた。

「……あ……、いい…っ、いい…っ…よ…ぉ…っ」

自分のイイところに当てようと、いやらしく腰がくねる。ぬちゅっ…と濡れた音がかすかに響き、自分の前も跳ねるみたいに動いて、先端から蜜をまき散らしている。

じんじんと疼く先っちょがこらえきれず、ディディは手を伸ばした。

腰を振りながら、茎《くき》をしごき、先端を指でこすり上げたかった。

しかしすぐにその手は、男に引き剝がされる。

「——やぁ…っ、お願い…っ、お願い…だから…っ、も…、前…っ、してぇ…っ」

さらに両方の手が封じられ、ディディは恥ずかしく腰だけを振りながら淫らにねだる。

「ダメだ」

しかし可以は無慈悲に、楽しげに言い捨てた。

「このままバックだけでイクんだ。全部…、見ててやるから」

「いやぁ…っ、やだ……っ、そんな…の……」

恥ずかしすぎる…、と思ったが、どうしようもなかった。

うしろに与えられる——自分が貪る快感だけで、大きく身体を仰け反らせ、男の腹の上でディディは達していた。

自分が先端から飛ばしたものが、可以の腹をいっぱい汚したのがわかって、まともに顔を見ることもできない。

「……は……ぁ……」

ディディはぐったりと、可以の身体の上に倒れこんだ。

後ろからはずるり…、と抜け落ちてしまって、ひどく切なく、物足りなさを感じてしまう。

優しく髪を撫でられて、しかしディディは無意識に男に身体を押しつけるようにしていた。

「どうした…？　まだ欲しいのか？」

甘えるようなディディの身体を引きよせ、可以が楽しそうに、どこかうれしそうに聞いてくる。

ディディは男の肩口に顔を埋めたまま、何度もうなずいた。

「欲しい……」

小さくねだると、男の手がディディの顔を上げさせ、唇が奪われる。

大きな、力強い腕が背中にまわって、すっぽりとディディを抱きしめた。

何も言わず、ただじっと見下ろしてくる眼差しを、ディディも見つめ返す。

ふいに、涙が溢れてきた。

何が罪で、何が罰なのもわからない。どう償えるのか。何を返せるのか。

この人が与えてくれたものに。この人から奪ってしまったものに。

――ただ。

「おまえが幸せなら…、俺も幸せになれるさ」
吐息のような声で言われたそんな言葉が、優しくディディの胸に落ちていった——。

end.

あとがき

こんにちは。おお、リンクスさん、今年は2冊目になりました。去年のていたらくが嘘のよう……ではなく、相変わらずダメすぎる進行状況でしたが、本当に編集さんや印刷所さん、関係各所の方々のおかげです。ありがとうございました！　ダメすぎた去年からの雪崩をかき分けて、ようやく顔を出せそうな状況になってきましたので、今後はもう少しまともなっ、普通まで行かなくともせめて赤点ボーダーくらいでっ、作業日程を通過したいです（ハッ、目指しますよ、普通っ）。

そして今回のお話。1月に出ました吸血鬼と神父さんのお話の姉妹編といいますか、別カプで独立したお話ですが、1作目のキャラもずいぶんと出てきておりますね。ヒースなんかは、最初から最後まで猫姿でしたが…。そして主人公の方は、前回とは逆ですね。神父さん攻めの吸血鬼受け。どSの神父さんをイメージしていたのですが、それほどでもなくてすみません…。意外と大変な過去を持ちつつ、意外とがんばっているいい人でございました。そして受けの吸血鬼、ディディは、なんかひさしぶりにどストレートに性格可愛いキャラを書いたなー、と我ながら思いましたよー。基本、ひねてるキャラが多かったかしら…。こちらも大変な境遇（ま、吸血鬼なんで）にもかかわらず、明るく元気に、がんばって生きております。前作はおっさん風味でしたが、今度はディディのおかげか、わりときゅんきゅんする感じではないかと。めずらしく（？）テーマ的にも恋愛話だったような気がします。ディディ、可愛がっていただければと思います。

それにしても、この2冊を書いたところで、何といいますか、結局この話で一番強く、一番ハードな戦いを繰り広げたのは蔵人《くろうど》神父VS吸血鬼ギルモアなのではっ？ と気がつきました。十年前の戦いですよ。そしてどう考えても、そのエピソードが一番大がかりで派手なのではっ？ という気がひしひしといたします。ダメじゃん…。もっともそこにBLがあるかどうかが謎ですが…。一人の男を争う三角関係の果ての事件なら、それはそれで、お話になるのかな。……あ、両方死んだら話にならないですね。うん。

あっ、そういえば作中で猫がぶん投げられてますが、動物虐待で訴えるのはご容赦くださいさい。アレ、ヒースなのでっ。吸血鬼なので、保護対象外ということでっ。よろしくお願いいたします。

さて、前回に引き続き、イラストをいただきました山岸《やまぎし》ほくとさんには、本当にありがとうございました。いつも大変な日程で本当に申し訳ありません…。ディディがとても可愛く、可以さんはクールでかっこよく。実はラフでいただいた風間《かざま》さんもとてもかっこよかったんですよねー。さらに何と言っても、ヒース（猫）の出現率がっ。ラフの時の猫ヒースのおまけカットがじたじたするほど可愛かったです。おっさんなのにっ（笑）そうなんですよねー、ディディじゃないけど、おっさんなのに猫になれるのはずるい、って気がします。変身するおっさんは、多分、クマに続いて2匹目ですが、クマは……クマですしね。卑怯感はないかな…。そして、相変わらずご迷惑をおかけしております編集さんには、本当に申し訳ありません…っ。ありがとうございました！　むぉぉぉ…、何でだ!?　と自分でも毎回思うのですが、今年は身体のメンテナンスをしつつ、新しいハードも試しつつ（音声入力？）、追いついていきたいと思います。懲りずによろしくお願いいたします…。

そして、こちらのお話、おつきあいくださいました皆様にも、本当にありがとうございました！　毎日のお疲れタイムの合間に、ちょこっとにやにや、きゅんきゃんしていただけると本望です。

前作と合わせて、今回お話は2冊組のイメージで進めてまいりましたので、こちらで一段落となります。次はまた、何か新しい世界でお会いできますとうれしいです。

それでは、なるべく早く、またお目にかかれますように――。

3月　　親戚から露地文旦を大量にいただき、がしゅっとジュースに！　さわやかっ。

水壬楓子《みなみふうこ》

LYNX ROMANCE

小説原稿募集

リンクスロマンスではオリジナル作品の原稿を随時募集いたします。

募集作品

リンクスロマンスの読者を対象にした商業誌未発表のオリジナル作品。
（商業誌未発表のオリジナル作品であれば、同人誌・サイト発表作も受付可）

募集要項

＜応募資格＞

年齢・性別・プロ・アマ問いません。

＜原稿枚数＞

４５文字 ×１７行（１枚）の縦書き原稿、２００枚以上２４０枚以内。
※印刷形式は自由。ただしＡ４用紙を使用のこと。
※手書き、感熱紙不可。
※原稿には必ずノンブル（通し番号）を入れてください。

＜応募上の注意＞

◆原稿の１枚目には、作品のタイトル、ペンネーム、住所、氏名、年齢、電話番号、メールアドレス、投稿（掲載）歴を添付してください。
◆２枚目には、作品のあらすじ（４００字～８００字程度）を添付してください。
◆未完の作品（続きものなど）、他誌との二重投稿作品は受付不可です。
◆原稿は返却いたしませんので、必要な方はコピー等の控えをお取りください。
◆１作品につき、ひとつの封筒でご応募ください。

＜採用のお知らせ＞

◆採用の場合のみ、原稿到着後６カ月以内に編集部よりご連絡いたします。
◆優れた作品は、リンクスロマンスより発行させていただきます。
原稿料は、当社既定の印税でのお支払いになります。
◆選考に関するお電話やメールでのお問い合わせはご遠慮ください。

宛　先

〒151-0051
東京都渋谷区千駄ヶ谷４−９−７
株式会社　幻冬舎コミックス
「リンクスロマンス　小説原稿募集」係

この本を読んでの
ご意見・ご感想を
お寄せ下さい。

〒151-0051
東京都渋谷区千駄ヶ谷4-9-7
(株)幻冬舎コミックス　リンクス編集部
「水壬楓子《みなみふうこ》先生」係／「山岸《やまぎし》ほくと先生」係

LYNX ROMANCE
リンクス ロマンス

晴れの日は神父と朝食を

2017年3月31日　第1刷発行

著者……………水壬楓子《みなみふうこ》
発行人…………石原正康
発行元…………株式会社　幻冬舎コミックス
〒151-0051　東京都渋谷区千駄ヶ谷4-9-7
TEL 03-5411-6431（編集）
発売元…………株式会社　幻冬舎
〒151-0051　東京都渋谷区千駄ヶ谷4-9-7
TEL 03-5411-6222（営業）
振替00120-8-767643
印刷・製本所…共同印刷株式会社
検印廃止

ISBN978-4-344-83929-8 C0293
Printed in Japan

幻冬舎コミックスホームページ　http://www.gentosha-comics.net